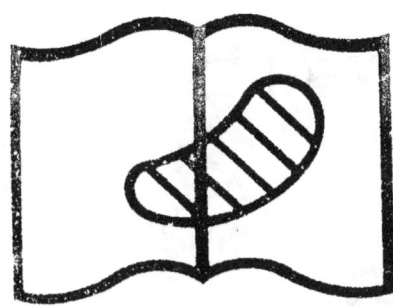

Illisibilité partielle

Couvertures supérieure et inférieure
manquantes

VALABLE POUR TOUT OU PARTIE
DU DOCUMENT REPRODUIT

PETITE BIBLIOTHÈQUE UNIVERSELLE

# JEAN CAVALIER

## LE HÉROS DES CÉVENNES

PAR

## JULES ROUQUETTE

PARIS

LIBRAIRIE DES PUBLICATIONS A 5 CENTIMES

84, RUE DE LA MONTAGNE SAINTE-GENEVIÈVE

# A M. F. DESMONS

## DÉPUTÉ DU GARD

~~~~~~~~~

Mon cher ami,

Je vous dédie, à vous qui combattez par la parole pour toutes les libertés, cette esquisse sur notre grand compatriote, qui combattait si vaillamment par l'épée pour la liberté de conscience.

Paris, 28 mai 1886.

## JULES ROUQUETTE.

# JEAN CAVALIER

## CHAPITRE PREMIER

### Neuf têtes coupées.

Dans les premiers jours d'octobre 1702, un jeune homme quittait Genève, pénétrait en France, et se dirigeait vers les Cévennes.

Petit de taille, mais fort et musculeux, large d'épaules, le buste finement dessiné, portant une tête énorme sur un cou de taureau, les yeux grands, pleins de rayonnements, d'inspiration et d'intelligence, le front ombragé de longs cheveux blonds, la lèvre mince ornée d'une fine moustache naissante, le teint coloré, l'allure à la fois grave et décidée, tel était l'aspect de ce personnage qui réunissait tous les contras-

tes de la force, de l'élégance, de la circons-
pection et de l'audace.

Son voyage avait été divisé par étapes ;
il marchait surtout la nuit.

Il arrivait le matin à un logis désigné d'a-
vance, frappait discrètement, disait quelques mots à voix basse et était immédiatement reçu avec le plus grand empressement.
Il repartait au crépuscule, accompagné des
vœux ardents de ses hôtes.

Il traversa ainsi tout le Dauphiné, gagna
le Rhône qu'il descendit en bateau jusqu'à
Beaucaire. Là, il prit la direction de Nîmes
qu'il laissa à sa droite, et pénétra dans la
Gardounenque et la Vaunage, qui parais-
saient être le but de son voyage.

Pendant la dernière partie de ce trajet,
c'est-à-dire depuis qu'il avait quitté le
Rhône, notre jeune homme paraissait en
proie à une vive émotion.

Son visage, d'ordinaire haut en couleur,
était tout pâle ; ses sourcils se fronçaient ;
ses lèvres se serraient et son front se cour-
bait sous le poids de pensées douloureu-
ses.

C'est que l'aspect du pays qu'il traversait était bien fait pour navrer son cœur et
désoler son âme.

Partout des ruines fumantes ; dans tous
les villages la dévastation, dans tous les

champs des traces de ravages et d'incendies.

On aurait dit qu'il voulait fuir la vue de ce spectacle, car il hâtait le pas, bravant la fatigue et les privations.

Le 20 octobre, il arriva à une portée de fusil de Ribaute, village situé non loin de la petite ville d'Anduze.

Il était près de deux heures de l'après midi; cette journée d'automne était très belle. Le soleil, par une sorte d'ironie, versait de joyeux rayons sur la campagne dévastée.

Le jeune homme s'était arrêté palpitant au sommet d'une petite côte au bas de laquelle s'étendait le village. Il se sentait anxieux, oppressé, et son œil cherchait au loin une maison parmi celles qui s'éparpillaient devant lui.

Enfin il poussa un grand soupir de satisfaction, et sa paupière se mouilla d'une larme.

Il venait d'apercevoir le logis qui lui était cher sans doute et qu'il revoyait avec une profonde émotion.

Il craignait de le voir en ruines, et les murs étaient intacts; une légère fumée empanachait le toit et se déroulait dans le firmament éblouissant de lumière.

Malgré l'immense désir qu'avait le jeune

homme de gagner le village, il se retira prudemment vers un petit bois où il se cacha jusqu'au soir.

Lorsque le soleil eut quitté l'horizon, il sortit du taillis et s'achemina vers le village, gagnant, à travers champs, la maisonnette qui, quelques heures auparavant, avait si ardemment sollicité ses regards.

A mesure qu'il avançait, son cœur battait avec plus de force et son visage devenait plus pâle.

Il frappa quelques coups discrets à la porte et attendit.

On ne répondit pas tout d'abord, et des chuchotements mystérieux se firent entendre à l'intérieur.

Mais le jeune homme, impatient d'entrer, mit un doigt sur le loquet, poussa la porte qui s'ouvrit.

Aussitôt des exclamations joyeuses retentirent :

— Jean ! c'est Jean ! firent des voix brisées par l'émotion.

En même temps les bras tremblants de deux vieillards s'ouvraient, et le jeune homme pressait sur son cœur son père et sa mère.

— Dieu soit béni, vous êtes libres ! exclama-t-il. On m'avait dit que cet infâme Bâville vous tenait sous les verrous parce que j'avais quitté la France. J'accourais...

— Nous avons acheté notre liberté au prix de notre conscience ! murmura d'une voix sourde le vieillard.

— Eh quoi ! s'écria le jeune homme.

— J'ai eu pitié de ta mère qui souffrait tant ; j'ai voulu te sauver toi, car je connais ton caractère généreux, et je savais que tu serais accouru te livrer pour nous sauver.

— Et alors ? interrogea le jeune homme d'une voix sombre.

— Et alors nous avons abjuré le culte de nos pères ! lamenta le vieillard avec des larmes dans la voix. J'ai été lâche. Mais, tu le vois, c'était pour toi, c'était pour elle.

Le jeune homme baissa son front soucieux et sombre, et demeura un instant muet, comme écrasé par l'aveu qui venait de lui être fait.

Puis, dressant la tête, et avec un geste d'inspiration :

— Mon père, pendant mon séjour à Genève, je n'ai cessé de méditer sur les violences que l'on exerce contre nos frères. Dieu qui connaît la foi qui brûle dans mon cœur, Dieu lui-même m'a donné l'ordre de les secourir. Le spectacle qui s'est offert à moi dès mon entrée dans les Cévennes est bien fait pour m'encourager dans la voie que je me suis tracée. Massacres, incendies, spoliations, emprisonnements, ont dépeuplé nos villes et nos campagnes. Chemin faisant, lorsque je parlais de mes amis que j'ai laissés l'année dernière, j'apprenais que les uns gémissent sur les galères, que les autres ont été fusillés. J'ai appris que demain une assemblée religieuse doit se tenir non loin d'ici. Vous y viendrez, ma mère, vous y viendrez, mon père, car je ne puis croire que vous ayez à jamais renoncé à votre foi.

— Nous te suivrons, mon fils! s'écrièrent les deux vieillards enthousiasmés.

Le lendemain, le jeune homme parut dans l'assemblée.

Il s'avança le front haut, l'œil plein de flammes, les traits comme transfigurés par l'inspiration.

— Jean Cavalier! murmura l'assemblée déjà conquise par l'attitude du jeune soldat-prophète.

— « Mes frères, leur dit Jean Cavalier, je viens vous proposer de prendre les armes, à l'exemple de nos frères des Cévennes, de combattre comme eux et pour la même cause, et de les seconder par une diversion. Il est honteux de rester en repos pendant que nos frères combattent. Il est encore plus honteux de les laisser périr et massacrer, sans leur donner le moindre secours. Il faut à leur exemple que nous délivrions nos parents qui sont dans les fers, il faut que nous nous délivrions nous-mêmes de la persécution. La religion dans laquelle nous sommes nés doit nous être plus précieuse que la vie, et notre devoir est d'exposer notre vie, afin de nous procurer le libre exercice de notre culte. »

Ce discours impressionna vivement l'assemblée et il fut décidé que le lendemain une réunion décisive aurait lieu dans une grange située entre Anduze et Alais.

Le lendemain, Jean Cavalier se dirige vers le lieu du rendez-vous.

Pour arriver à la grange désignée il doit traverser le pont d'Anduze.

Il marche d'un pas soucieux et incertain. Il doute du dévouement, de l'énergie et de la résolution de ses frères. Sera-t-il suivi dans la grande entreprise qu'il a annoncée ? Il redoute les défaillances, et toutes les difficultés de la lutte apparaissent à son esprit clairvoyant.

Mais il a confiance dans la bonté de sa cause ; il se sent l'homme de la situation. Sans doute l'effort devra être considérable. Mais quelle gloire s'il réussit !

Il arrive à Anduze et met le pied sur le pont.

Soudain des cris sinistres s'élèvent auprès de lui ; il voit une foule effarée arrêtée devant un poteau.

Il approche...

Horreur ! On lui montre neuf têtes exposées en spectacle aux habitants de la ville, et parmi ces affreux trophées on lui désigne la tête de Laporte, en lui racontant la déroute que le capitaine Paul a fait subir à ce chef des révoltés.

Cavalier frémit et s'indigne ; une vive rougeur, suivie d'une pâleur mortelle, marque les émotions tumultueuses et diverses qui l'agitent.

Cependant il contient sa douleur. Il franchit le pont et arrive à la ferme où il est attendu ; mais il ne trouve au rendez-vous que dix-huit jeunes gens, ne possédant à eux tous que quinze fusils et deux vieilles épées.

Troupe dérisoire.

Armement ridicule.

Faut-il désespérer du salut de la Réforme et se disperser ?

C'est ce que pense cette petite troupe.

Mais Cavalier, le front pâle, l'œil en feu :

« Écoutez, écoutez, mes frères, dit-il.

« Dieu vient d'envoyer un second Moïse pour retirer son peuple de la nouvelle Egypte, de la maison de servitude, et ce prophète c'est moi.

« Je vous ai appelés et vous êtes venus.

« Courage ! vous avez fait le premier pas ; à cette heure, le reste me regarde.

« Vous ne manquez pas de courage, vous ne manquez que d'armes ; je vais vous en procurer à l'instant, et cela ne vous coûtera que la peine de vous transporter à ma suite au prieuré de Saint-Martin, près de Durfort. Je sais que le prêtre du lieu est bien pourvu d'armes.

« Vous n'hésitez pas. Et si vous hésitiez un seul instant, je vous crierais : Allez au pont d'Anduze, vous y compterez les têtes de nos frères martyrs, et au milieu de ce trophée sanglant, vous découvrirez celle de Laporte. Criez donc avec moi : Vengeance pour les morts, délivrance pour les vivants ! »

L'Assemblée électrisée répète avec enthousiasme les derniers mots prononcés par Cavalier.

Celui-ci ne laisse pas refroidir cette ardeur. Il prend immédiatement le commandement de la petite troupe, arrive au milieu de la nuit chez le prieur de Saint-Martin, près de Durfort, et là, sans coup férir, il s'empare de vingt fusils, d'autant d'épées et de quelques pistolets qui avaient été enlevés aux protestants des environs.

Tel fut le noyau de cette armée insurrectionnelle qui devait, sous ce chef incomparable, accomplir tant d'actes héroïques, gagner tant de victoires et faire capituler le *grand roi!*

Mais avant d'écrire ces faits mémorables accomplis par le grand camisard, il est indispensable d'exposer les tristes événements qui justifièrent cette insurrection, de raconter les souffrances, les persécutions, les malheurs sans nombre qui fondirent sur les protestants, enfin d'esquisser les luttes des premiers chefs camisards.

# CHAPITRE II

## Révocation de l'Édit de Nantes.

Le 17 octobre 1885, l'Allemagne, la Hollande, la Suisse, l'Angleterre, tous les pays protestants étrangers, célébraient le deuxième centenaire de la révocation de l'Édit de Nantes.

Date heureuse et féconde pour les nations rivales ou envieuses de la France.

Date funeste pour notre patrie, date commémorative d'un désastre dont nous souffrons encore, même après deux siècles !

On sait ce que c'est que l'Édit de Nantes.

Le 13 avril 1598, Henri IV confirma et étendit les garanties, les sûretés accordées aux protestants par des conventions, par des traités, par des édits antérieurs.

Cet acte mémorable mettait fin aux déchirements sanglants, aux persécutions, aux guerres civiles qui avaient si profondément troublé les règnes précédents. Il accordait aux réformés la liberté de conscience, l'exercice public de leur culte, excepté dans les résidences royales ; la jouissance de tous leurs droits de citoyens, l'admission aux emplois publics ; une Chambre mi-partie dans chaque Parlement, pour juger les procès entre calvinistes et catholiques ; le droit de tenir des synodes tous les trois ans, de lever des taxes annuelles pour l'entretien de leurs temples, enfin des places de sûreté : la Rochelle, Montauban, Cognac, etc.; il leur était en outre accordé quatre universités : à Montauban, à Montpellier, à Sedan et à Saumur.

Diverses restrictions vexatoires et humiliantes avaient été introduites dans cet acte qui, destiné à satisfaire les réformés et les catholiques, ne contentait personne.

Les huguenots, en effet, ne pouvaient établir aucune école d'un degré inférieur aux universités ; le clergé catholique n'aurait jamais consenti à abandonner l'enseignement de l'enfance aux disciples de Calvin.

Paris et un rayon de cinq lieues autour de son enceinte étaient interdits à l'exercice du culte protestant; enfin, ses adeptes devaient chômer extérieurement les fêtes catholiques, subir les lois matrimoniales de l'Eglise et payer la dîme au clergé.

Aussi, tandis que la gent cléricale, ennemie de toute transaction, faisait entendre du haut de la chaire ses plus violentes diatribes et cherchait à fomenter dans le peuple la haine des huguenots, ceux-ci ne cessaient d'assaillir Henri IV, leur ancien coreligionnaire, de leurs plaintes et de leurs réclamations. Si le roi leur inspirait toute confiance pour la loyale exécution de l'Édit, ils avaient tout à craindre de ses successeurs. Leurs appréhensions augmentèrent lorsque le coup de couteau de Ravaillac fit passer le pouvoir en des mains qu'ils pouvaient à bon droit considérer comme suspectes.

Aussi s'empressèrent-ils d'exiger des garanties. « Le roi est mineur, soyons majeurs, » disait Duplessis-Mornay. Et non seulement ils réclamèrent la confirmation des droits qui leur avaient été concédés, mais encore ils s'allièrent aux catholiques mécontents et s'insurgèrent contre le pouvoir royal.

Richelieu eut l'habileté de ne pas pousser les choses à l'extrême. Il fit déclarer coupables de lèse-majesté les réformés qui avaient pris les armes, mais en même temps il garantit toute sécurité civile et religieuse à ceux qui étaient demeurés paisibles. Cette décision enleva à la révolte une grande partie de ses forces; la Rochelle, boulevard de la résistance, dut capituler après avoir soutenu un siège héroïque, durant lequel vingt-cinq mille habitants sur trente mille avaient péri; le duc de Rohan, qui s'était mis à la tête du mouvement dans le Midi, fut contraint de déposer les armes, et la paix d'Alais, dite *paix de grâce*, vint mettre fin à cette lutte qui ne laissa pas de trace douloureuse.

En effet, les protestants ne perdirent aucun de leurs privilèges; leurs places fortes seulement furent démantelées. Ils cessèrent dès lors d'être un État dans l'État et perdirent leur caractère politique pour demeurer simplement un parti religieux.

Le successeur de Richelieu, Mazarin, en politique avisé, se garda bien de persécuter les calvinistes, qui du reste n'avaient donné lieu à aucun reproche et n'avaient pris aucune part aux troubles de la Fronde. « Le petit troupeau broute de mauvaises herbes, disait le malin ministre, mais il ne s'écarte pas, » et il avait, en 1662, fait renouveler solennellement par Louis XIV l'engagement de ne pas attenter à leur liberté de conscience.

Colbert avait suivi la même politique, prudente, intelligente et généreuse. Ce grand homme d'État leur était d'autant plus favorable qu'il trouvait dans les huguenots les meilleurs agents de la prospérité de la France. Ils possédaient en effet, à un très haut degré, les qualités qui concourent à former un grand pays : vertu, probité, activité, travail, capacité, instruction.

Massés dans les pays maritimes, qui leur offraient une porte de salut en cas de persécution, amenés par leur situation précaire à rechercher les biens facilement réalisables, ils avaient tourné toute leur énergie, tout leur génie vers le commerce et l'industrie, et ils concentraient dans leurs mains une grande partie des intérêts financiers du royaume. Colbert, qui connaissait leur valeur, en employa un grand nombre dans les arts, dans les manufactures, dans la marine ; nos escadres s'illustrèrent sous Duquesne, et la grande manufacture d'Abbeville était dirigée par Van Robert, l'un et l'autre protestants.

Louis XIV, d'instinct, haïssait la Réforme. Il sentait que sous la libre interprétation de la Bible, sous le libre examen, sous l'indépendance de la conscience, de la pensée, il y avait en germe l'indépendance politique.

Aussi avait-il aisément cédé plusieurs fois aux réclamations du parti ultramontain qui se plaignait des extensions que, selon lui, les huguenots donnaient aux clauses de l'Édit de Nantes. Mais Colbert avait énergiquement défendu ses protégés et neutralisé l'action des décrets restrictifs obtenus par l'Église. Mais après le jubilé de 1676, le roi tombe complètement sous l'influence des ultramontains. Il est assailli de craintes superstitieuses ; la vie de luxure qu'il a menée si longtemps et qui a usé et épuisé son corps, soulève dans son âme des remords tardifs, inquiète sa conscience. Que faut-il faire pour apaiser Dieu ? Se faire l'apôtre ardent de sa religion. Et comme il a des démêlés avec le Saint-Siège, qu'il a fait rédiger par Bossuet la fameuse déclaration de 1682, établissant les droits de l'Église gallicane, il ne veut pas que l'on doute de son zèle pour les intérêts de l'Église, il manifeste sa foi en commençant la persécution contre les protestants.

Après un premier décret contre les relaps, il supprime successivement toutes les garanties contenues dans l'Édit de Nantes, Harlay, d'Aguesseau, Bossuet, Pellisson, Mme de Maintenon, ces deux derniers anciens protestants, l'excitent à l'envi, exaltent son bigotisme et le poussent à la persécution. La vieille Montespan elle-même va profiter de cette fièvre de dévotion qui s'est emparée du roi. Elle établira à Paris un bureau de dénonciation, contre les *relaps*, dont ia déclaration qui les frappe a été renouvelée et exécutée avec la plus cruelle rigueur. Comme une grande partie des biens confisqués sur les hérétiques, appartient aux dénonciateurs, l'ancienne maîtresse de Louis XIV recueille des sommes immenses qui constituent aujourd'hui, en grande partie, la fortune de la famille d'Orléans.

On n'ignore pas que le Régent, l'aïeul du comte de Paris, épousa une fille de Louis XIV et de la Montespan, et que la royale bâtarde ne dut cette union qu'à une dot des plus opulentes. Et comme les richesses se conservent fort bien dans cette famille économe, les princes de la branche cadette peuvent soutenir leur parti avec le produit des charmes de leur arrière-grand'mère.

Par divers arrêts de restriction, le roi enleva aux protestants les garanties que l'Édit de Nantes leur assurait, en supprimant les Chambres mi-parties des Parlements de Toulouse, de Grenoble, de Bordeaux, et les libertés auxquelles Richelieu et Mazarin n'avaient pas osé porter atteinte. On leur interdit d'être avocats, procureurs, notaires, experts, imprimeurs, libraires, médecins, chirurgiens, même apothicaires ; cette mesure inique rejeta forcément les calvinistes dans le commerce, la finance et l'industrie qui passèrent presque tout entiers dans leurs mains. Aussi, lorsqu'une ordonnance plus odieuse encore forcera les protestants à s'expatrier en masse, on verra tout à coup le travail national s'arrêter en France, la production, les échanges cesser, et une grande partie des ressources s'exporter à l'étranger.

C'est là le résultat le plus net qu'aura produit la politique du grand roi.

On défendit aux catholiques, sous peine de confiscation de leurs biens et des galères à vie, d'embrasser la religion réformée. On alla plus loin, on porta atteinte aux lois les plus sacrées de la famille : les enfants, dès l'âge de sept ans, furent autorisés à abandonner le calvinisme, l'Édit déclarant qu'à cet âge ils sont capables de raison et de choix, dans une matière aussi importante que celle de leur salut. Beaucoup d'enfants furent arrachés à leurs familles. Ce fut pour les filles nobles ainsi converties que le couvent de Saint-Cyr fut fondé par Mme de Maintenon ; ce fut pour fomenter et charmer le zèle de ces néophythes d'un genre nouveau que Racine, qu'on est attristé de trouver parmi les approbateurs de ces persécutions religieuses, composa ses deux tragédies d'*Esther* et d'*Athalie*, où il exalte la *vraie foi* et frappe d'anathème les adeptes des *fausses croyances*.

Mais une chose nous frappe. Racine, dans ces deux chefs-d'œuvre, étale les misères et les souffrances des juifs persécutés dans leur religion par les ministres des faux dieux ; eh bien, aux yeux des jeunes pensionnaires de Saint-Cyr, violemment arrachées à leurs familles et catéchisées de force, est-ce que les prêtres de Baal n'étaient pas ces féroces cléricaux catholiques qui vouaient à l'exil, à la misère, à la mort, les malheureux protestants ?

Aux moyens coercitifs employés pour amener la conversion des calvinistes, on ajouta les mesures persuasives et corruptrices. On multiplia les missions en province ; les consciences furent achetées à prix d'argent. Une caisse spéciale fut créée sous la direction de Pellisson pour payer ces apostasies. Au dire de Mme de Maintenon, ces procédés faisaient merveille. « M. Bossuet est plus savant, écrivait-elle, mais Pellisson est plus persuasif. On n'aurait jamais espéré que toutes ces conversions fussent si aisées. »

Il faut croire, malgré l'opinion de la favorite du roi, que la caisse manquait d'éloquence, car Louvois employa des moyens plus *persuasifs*. Il logea le militaire chez les calvinistes et ces *missions bottées* eurent mandat de hâter les abjurations. Les dragons se distinguèrent entre tous par leurs violences et leur brutalité, ce qui fit donner à cette exécution le nom de *dragonnades.*

Cette persécution avait inquiété les gouvernements protestants. L'électeur de Brandebourg écrit à Louis XIV en faveur de ses coreligionnaires, et le roi parjure, joignant l'hypocrisie à la cruauté, lui répond :

« Je suis engagé par ma parole et par la
« reconnaissance que j'ai des preuves qu'ils
« m'ont données de leur fidélité pendant les
« derniers mouvements de la Fronde, où ils
« ont pris les armes pour mon service et se
« sont opposés avec vigueur aux mauvais
« desseins qu'un parti de rebelles avait
« formés dans mes Etats et contre mon au-
« torité. »

Les protestations indignes vinrent de tous côtés.

Jacques Tullius, savant hollandais, écrivait :

« Je ne loue point ceux qui prennent les armes contre leur souverain. Ce que je loue et ce que je prêche au contraire, c'est l'exemple de fidélité et de patience que les protestants français donnent en ce moment ; ces hommes, vraiment réformés de mœurs et de cœur, non de paroles, à qui on enlève la faculté d'honorer Dieu selon leur conscience, et cela contre la foi de l'Édit, malgré les services qu'ils ont rendus à leur roi ; à qui on ravit les biens et les enfants, et dont, ce qui est pis encore, on soulève les enfants contre les pères en les émancipant malgré leur jeune âge, qu'on tourmente par les plus cruels supplices ; contre qui enfin sont employés les procédés les plus inhumains, et qui se défendent par la prière et non par les armes, par la probité de leur vie et non par le crime ; qui n'appellent point à leur secours les Turcs ou d'autres étrangers, ou bien encore qui s'exilent et cèdent avec douleur et patience à la nécessité des temps. »

Enfin, après cinq années de violences, de proscriptions, de massacres, d'exécutions sanglantes, on porte le dernier coup aux réformés, en révoquant l'Édit de Nantes.

Cet acte, qui consacra le triomphe du parti ultramontain, fut promulgué le 17 octobre 1685 et immédiatement mis en vigueur avec une implacable atrocité. Tous les privilèges accordés aux protestants par Henri IV et Louis XIII furent supprimés. L'exercice public de leur culte fut interdit, à peine de confiscation des biens et des corps ; les églises furent démolies. Il fut enjoint à tous les ministres de la religion réformée qui ne voudraient pas se soumettre de quitter le royaume dans les quinze jours. Défense fut faite aux autres protestants, sous les peines les plus terribles, de les suivre dans leur exil. Ainsi on torturait ceux qui restaient et l'on fusillait ceux qui essayaient de fuir. Un délai de quatre mois est donné pour rentrer dans leurs foyers à ceux qui se sont volontairement exilés, sinon leurs biens demeureront confisqués. Tous les nouveau-nés devront être baptisés par les curés des paroisses et seront, malgré leurs parents, élevés dans la religion catholique. On arriva à des conséquences monstrueuses : les calvinistes n'eurent plus d'état civil ; s'ils n'avaient pas fait consacrer leurs mariages par l'Eglise catholique, ils furent considérés comme vivant en concubinage et leurs enfants furent déclarés bâtards. Tout ceux qui étaient désignés comme hérétiques virent leurs biens volés et confisqués. On ne se borna pas à les ruiner et à les faire souffrir dans leur conscience. On eut recours au bûcher et à la potence. Un grand nombre de ministres furent envoyés au supplice, et, pour que les spectateurs émus de ces exécutions ne pussent entendre les martyrs proclamer leur foi au milieu des tourments et adresser à leur coreligionnaires leurs dernières exhortations, le roulement prolongé de tambours placés au pied de l'échafaud étouffait leurs cris et le bruit de leurs paroles.

Les écrivains royalistes n'ont pas eu à faire grands frais d'imagination pour inventer la légende des tambours de Santerre couvrant la voix du petit-fils de Louis XIV sur les tréteaux de la guillotine.

Il faut l'avouer avec tristesse, cette mesure abominable fut accueillie avec reconnaissance par une grande partie de la nation. Quelques rares esprits, La Fontaine, Vauban, La Bruyère, Catinat, Saint-Simon, flétrirent cet acte, comprenant le désastre où l'on entraînait la France. Mais le plus grand nombre y applaudit. Non seulement Bossuet, Massillon s'en firent les apologistes, mais le tendre Racine, la douce Mme Deshoulières, Mlle de Scudéry, et jusqu'à Mme de Sévigné, qui avait au reste plus d'esprit que de cœur. « Les dragons ont été très bons missionnaires, » écrivait-elle... « Jamais aucun roi ne nous fera rien de plus remarquable, » proclamait-elle dans une autre lettre.

« Le vieux chancelier Le Tellier, alors mourant, dit un historien, se ranima en signant l'Edit pour s'écrier : *Nunc dimitte servum tuum, Domine, quia viderunt oculi mei salutare tuum!* (Je puis mourir, ô mon Dieu, maintenant que mes yeux ont vu ton triomphe!) Il ne voyait pas qu'il signait un des plus grands malheurs de la France. »

Malgré la police de Louis XIV, malgré la menace des galères et des supplices, les protestants s'exilèrent en masse. Près de trois cent mille quittèrent le royaume, emportèrent en quelque sorte à l'étranger une partie de la force et du génie de la France. Des régiments entiers de calvinistes furent formés en Angleterre, en Hollande, en Allemagne. Le maréchal de Schomberg abandonna son ingrate patrie. L'illustre Duquesne, chargé de gloire et d'années, répondit fièrement au roi qui le pressait d'abjurer : « J'ai rendu pendant soixante ans à César ce que je devais à César ; permettez-moi que je rende à Dieu ce que je dois à Dieu. »

A la suite de ces émigrations en masse, les manufactures se ferment peu à peu ; chaque jour voit disparaître un grand établissement industriel, une maison de commerce ou une maison de banque. Des bourgs, des villes, hier encore pleins d'activité et de bruit, sont tout à coup frappés d'immobilité et de morne silence ; des cantons se dépeuplent. L'abandon, la stérilité, la désolation règnent dans un tiers de la France, et la partie la plus intelligente, la plus industrieuse de ses habitants va porter à l'étranger les secrets de sa fabrication. L'art de tisser les étoffes de soie et de drap n'est plus exclusivement français ; la coutellerie, la chapellerie, dont notre pays avait eu jusqu'alors le monopole, vont désormais être exploitées par nos voisins. Troyes,

Lyon, Sedan, auront désormais des rivales sur les marchés de l'Europe.

Les capitaux émigrent avec les fugitifs; on peut évaluer à soixante millions l'argent emporté hors de France, et à des sommes incalculables le préjudice causé à notre industrie nationale. Les lettres, les sciences, les arts, l'armée, la marine, fournirent leur contingent à l'émigration, Huyghens, Papin, des peintres, des sculpteurs, furent chassés de l'Académie et de la France. 9,000 marins, 12,000 soldats, 600 officiers, des écrivains, des ingénieurs, des artistes, des savants, disparaissent, laissant après eux des vides irréparables. La France souffre encore des pertes de toute nature qu'elle fit à cette époque.

« De temps à autre, dit un écrivain, on est tout étonné de voir des illustrations allemandes, américaines, anglaises, autrichiennes porter des noms français. Si l'on cherche la cause de ce fait anormal, on s'assure bientôt que ces noms sont d'origine française et que leur nationalité est contemporaine de la révocation de l'Édit de Nantes. »

Cette remarque, on a pu la faire encore plus douloureusement pendant la dernière guerre. Parmi les chefs de nos farouches envahisseurs, plus d'un portait un nom français, plus d'un était issu de ces exilés

du XVII° siècle, et ils nous faisaient cruel-
lement expier les infamies, les crimes de
l'ancienne monarchie.

Voilà le bilan du grand règne.

« Peu de regnes, écrivait M. Emile Mon-
taigu (15 mai 1855, *Revue des Deux-Mondes*),
ont été plus funestes peut-être à la France
que celui du grand roi. C'est Louis XIV le
premier qui, par ses guerres injustes, a
donné à l'Europe cette bizarre croyance
dans laquelle beaucoup de gens persistent
encore, que la France n'a eu d'autre but
que l'asservissement des peuples. Louis XIV
trouva une France moderne fondée par
Henri IV, consolidée par Richelieu, composée d'un peuple intelligent, industrieux, do-
cile, zélé partisan de la monarchie, d'un
clergé pieux, modéré, plein de science et de
lumières, d'une noblesse brave, vaillante
et polie, qui avait cessé d'être oppressive
et avait accepté définitivement l'autorité
royale. Il laissa une France surannée, remplie d'abus de toute sorte, composée d'un
peuple las, fatigué, hébété, déjà anarchiste
et ennemi de la monarchie, d'un clergé in-
trigant, intolérant, mondain, d'une noblesse
pleine de préjugés de caste, insolente et
abâtardie. L'esprit du roi avait tout perverti.
Il avait rendu la monarchie impopulaire en
France et brisé l'ancien système de tran-
sactions inauguré par Henri IV. Il avait

voulu créer une France sur le modèle de
son caractère, au lieu de plier son caractère
à l'esprit de la France. Il avait commis deux
fautes. En plaçant le roi au-dessus des lois
et des règles les plus simples de la morale,
en en faisant une sorte de divinité qui ne
se gouverne pas selon les lois des mortels,
en ennoblissant l'adultère et en donnant
le rang de princes à des enfants, fruits
d'illégitimes amours, il avait rendu la
monarchie immorale comme le dieu indien,
pour lequel n'existent ni crimes ni vertus,
ni bien ni mal. Par l'injuste et inutile révocation de l'Édit de Nantes, il avait
brisé la tradition et anéanti l'œuvre de
ses prédécesseurs. Par ses guerres conti-
nuelles et sa fureur de conquêtes, il avait
répandu cette idée fausse, immorale, pué-
rile, antichrétienne, qui a fait tant de mal
à la France, que la gloire était le but de la
vie des peuples. Bref, il laissa après lui un
amas de corruptions, de superstitions, de
préjugés, d'erreurs, d'injustices, qui aurait perdu la France, si la France n'avait
pas protesté. »

Nous avons dit que Saint-Simon avait
flétri la révocation de l'Édit de Nantes. Nous
reproduisons ici cette page éloquente et in-
dignée.

« La révocation de l'Édit de Nantes, sans
le moindre prétexte et sans aucun besoin,

et les diverses prescriptions plutôt que dé-
libérations qui la suivirent, furent les sui-
tes de ce complot affreux qui dépeupla un
quart du royaume, qui ruina son commerce,
qui l'affaiblit dans toutes ses parties, qui le
mit si longtemps au pillage public et avoué
des dragons, qui autorisa les tourments et
les supplices dans lesquels ils firent réellement mourir tant d'innocents de tout sexe
par milliers, qui ruina un peuple si nombreux, qui déchira un monde de familles,
qui arma les enfants contre les parents
pour avoir leurs biens et les laisser mourir
de faim, qui fit passer nos manufactures
aux étrangers, fit fleurir et regorger leurs
Etats aux dépens du nôtre, et leur fit bâtir
de nouvelles villes ; qui leur donna le spectacle d'un si prodigieux peuple proscrit, nu,
fugitif, errant sans crime, cherchant asile
loin de sa patrie ; qui mit nobles, riches,
vieillards, gens souvent très estimés pour
leur piété, leur savoir, leur vertu, des gens
aisés, faibles, délicats, à la rame, et sous le
nerf très effectif du *comite* pour cause unique
de religion ; enfin qui, pour comble d'horreur, remplit toutes les provinces du
royaume de parjures et de sacrilèges, où
tout retentissait du hurlement de ces infor-
tunées victimes de l'erreur, pendant que
tant d'autres sacrifiaient leur conscience à
leurs biens et à leur repos, et achetaient

l'un et l'autre par des abjurations simulées, d'où sans intervalle on les traînait à adorer ce qu'ils ne croyaient point et à recevoir réellement le divin corps du Saint des saints, tandis qu'ils étaient persuadés qu'ils ne mangeaient que du pain qu'ils devaient encore abhorrer. Telle fut l'abomination générale qui fut enfantée par la flatterie et par la cruauté. De la torture à l'abjuration, et de celle-ci à la communion, il n'y avait pas souvent vingt-quatre heures de distance, et leurs bourreaux étaient leurs conducteurs et leurs témoins. Ceux qui, par la suite, eurent l'air d'être changés avec plus de loisir, ne tardèrent pas, par leur fuite ou par leur conduite, à démentir leur prétendu retour.

« Presque tous les évêques se portèrent à cette pratique subite et impie. Beaucoup y forcèrent ; la plupart animèrent les bourreaux, forcèrent les conversions et ces étranges convertis à la participation des divins mystères pour grossir le nombre de leurs conquêtes, dont ils envoyèrent les états à la cour pour en être d'autant plus considérés et approchés des récompenses.

« Les intendants des provinces se distinguèrent à l'envi à les seconder, eux et les dragons, et à se faire valoir aussi à la cour par leurs listes. Le très peu de gouverneurs et de lieutenants généraux de province qui s'y trouvaient, et le petit nombre de seigneurs résidant chez eux et qui purent trouver moyen de se faire valoir à travers les évêques et les intendants, n'y manquèrent pas.

« Le roi recevait de tous les côtés des nouvelles et des détails de ces persécutions et de ces conversions. C'était par milliers qu'on comptait ceux qui avaient abjuré et communié, : deux mille dans un lieu, six mille dans un autre, tout à la fois et dans un instant. Le roi s'applaudissait de sa puissance et de sa piété. Il se croyait au temps de la prédication des apôtres, et il s'en attribuait tout l'honneur. Les évêques lui écrivaient des panégyriques. Toute la France était remplie d'horreur et de confusion, et jamais tant de triomphes et de joie, jamais tant de profusion de louanges. Le monarque ne doutait pas de la sincérité de cette foule de conversions ; les convertisseurs avaient grand soin de l'en persuader et de le béatifier par avance. Il avalait ce poison à grands traits. Il ne s'était jamais cru si grand devant les hommes, ni si avancé devant Dieu dans la réparation de ses péchés et du scandale de sa vie. Il n'entendait que des éloges, tandis que les bons et vrais catholiques, et les saints évêques gémissaient de tout leur cœur de voir des orthodoxes imiter, contre les erreurs et les hérétiques, ce que les tyrans hérétiques et païens avaient fait contre la vérité, contre les confesseurs et contre les martyrs. Ils ne se pouvaient surtout consoler de cette immensité de parjures et de sacrilèges. Ils pleuraient amèrement l'odieux durable et irrémédiable que de détestables moyens répandaient sur la véritable religion, tandis que nos voisins exultaient de nous voir ainsi nous affaiblir et nous détruire nous-mêmes, profitaient de notre folie, et bâtissaient des desseins sur la haine que nous nous attirions de toutes les puissances protestantes. »

# CHAPITRE III

## Les protestants aux galères, dans les prisons, à la Bastille.

Pour arrêter l'émigration protestante, le gouvernement avait établi sur toutes les frontières un cordon de troupes et d'agents qui exerçaient une sorte de blocus intérieur.

Il était fort difficile de franchir ces lignes, et cependant il n'est pas de périls que les réformés n'affrontassent et de ruses auxquelles ils n'eussent recours pour échapper à l'affreuse persécution qui s'était abattue sur eux.

Tous ceux qui étaient pris dans leur tentative de fuite étaient impitoyablement soumis à la plus dure captivité ou envoyés sur les galères du roi, suivant l'âge et le sexe.

L'âge même n'affranchissait pas toujours

les malheureux calvinistes de l'horrible condition de forçat.

Des hommes de la plus haute condition, des vieillards vénérables, furent rivés à ces bancs d'infamie, exposés à tous les outrages des gardiens et à toutes les intempéries des saisons.

« Les galériens, dit l'amiral Baudin, préfet maritime à Toulon en 1846, et qui a étudié de près les misères des bagnes anciens et modernes, les galériens étaient enchaînés deux à deux sur les bancs de galère et ils étaient employés à faire mouvoir de longues et lourdes rames... Dans l'axe de chaque galerie et au milieu de l'espace occupé par les bancs des rameurs, régnait une espèce de galerie appelée la *coursive*, sur laquelle se promenaient continuellement les surveillants appelés *comes*, armés chacun d'un nerf de bœuf dont ils frappaient les épaules des malheureux qui, à leur gré, ne ramaient pas avec assez de force. Les galériens passaient leur vie sur leurs bancs, ils y mangeaient et ils y dormaient, sans pouvoir changer de place plus que ne leur permettait la longueur, et n'ayant d'autre abri contre la pluie, ou les ardeurs du soleil, ou le froid de la nuit, qu'une voile appelée *taud*, qu'on étendait au-dessus de leur banc quand la galère n'était pas en marche et que le vent n'était pas trop violent. » Deux hommes fort considérés, David de Caumont et Louis de Marolles, furent envoyés aux galères. Le premier avait soixante-quinze ans. Le second supporta avec une constance inébranlable tous les maux de la captivité. « Je vis à présent tout seul, écrivait-il à sa femme, on m'apporte à manger du dehors, viande et pain, moyennant neuf sous par jour. Si tu me voyais avec mes beaux habits de forçat, tu serais ravie. J'ai une belle chemisette rouge, faite tout de même que les sarraux des Ardennes. J'ai de plus un beau bonnet rouge, deux hauts-de-chausses et deux chemises de toile grosse comme le doigt et des bas de drap. Le fer que je porte au pied, quoiqu'il ne pèse que trois livres, m'a beaucoup plus incommodé dans les commencements que celui que tu m'as vu au cou à la Tournelle. »

Ce malheureux mourut en 1692 à l'hôpital des forçats de Marseille et fut enterré au cimetière des Turcs.

Ce qui ajoutait à l'horreur de ces misères, c'est la promiscuité infâme à laquelle étaient le plus souvent soumis les protestants.

On les accouplait souvent aux plus vils scélérats.

Ceux-ci, sûrs de gagner les bonnes grâces des gardiens, faisaient subir les plus odieuses vexations à leurs compagnons de chaîne.

Quelques autres, moins endurcis, s'apitoyaient sur tant de malheurs, et les exemples de ces martyrs résignés ne furent pas toujours perdus pour eux.

Les prisons, qui regorgeaient de réformés, étaient le théâtre de scènes plus lugubres et plus atroces.

Ce fut surtout alors que la Bastille devint le théâtre de faits indescriptibles : les filles, séparées de leurs mères, les femmes, séparées de leurs maris, étaient livrées aux passions brutales, hideuses des porte-clefs ; il y eut des scènes de douleurs dignes de l'enfer, des orgies inouïes et inénarrables

Les gardiens laissaient mourir de faim les prisonniers qui possédaient quelque argent ou quelque objet précieux, afin de s'en emparer. A la moindre plainte d'un captif, le malheureux était saisi, terrassé ; les cachots étant pleins, on l'attachait aux barreaux des fenêtres, et il restait souvent deux jours entiers dans cet état. Beaucoup de ces infortunés devinrent fous ; d'autres se laissèrent mourir de faim ; d'autres encore, ne voulant pas mourir sans vengeance, se révoltaient ouvertement contre les infâmes gardiens qui les torturaient, et les attaquaient intrépidement, dans l'espérance de se faire tuer ou de tuer, pour être ensuite condamnés à mort ; mais ce dernier moyen n'était pas toujours infaillible.

Les prisonniers embastillés pour cause de religion étaient, ainsi que nous l'avons dit, si nombreux, que tout était plein dans cette forteresse, à ce point que l'on craignait de voir éclater quelque épidémie. Si, dans ce cas, le mal n'eût dû atteindre que les prisonniers, nul doute qu'on ne s'en fût pas préoccupé le moins du monde ; mais les habits brodés, la morgue, la vanité, la cruauté, la lâcheté, la sottise étant des remparts insuffisants contre les envahissements de la peste, il fallut aviser. Les geôliers en chef, toutefois, ne firent pas de grands efforts d'imagination.

Ce fut le lieutenant de police, de la Reynie, qui se chargea de conjurer le fléau qu'on redoutait. Pour cela, il se rendit à la Bastille, s'installa dans la salle destinée aux interrogatoires, et fit successivement comparaître devant lui les prisonniers les plus chétifs, ceux que la fièvre dévorait, ceux qui, rongés par le désespoir, refusaient de manger. A ces martyrs il faisait subir un interrogatoire rapide, presque toujours insignifiant, après quoi il ordonnait qu'ils fussent transférés en tel ou tel lieu, où ces infortunés, bientôt oubliés, ne tardaient pas à succomber.

**Quelques-uns pourtant eurent le malheur**

de ne pas mourir vite. De ce nombre furent
une dame Mallet et ses trois filles, dont
tout le crime était d'avoir voulu quitter la
France, et d'avoir, pour y parvenir, acheté
des passeports. De la Reynie les fit trans-
férer dans la prison de la ville de Pont-de-
l'Arche, une des plus épouvantables et des
plus redoutées parmi celles dont la France
était alors couverte. La mère y mourut
douze ans après; ses trois filles lui survé-
curent peu, exténuées qu'elles étaient par
les mortelles privations qui leur avaient
été imposées

Il est aisé de comprendre que nous ne
pouvons mentionner ici tous les prisonniers
de cette période de persécution ; cette nomenclature emplirait des volumes et n'ap-
prendrait rien que nous n'ayons déjà dit:
le génie des tortureurs, grâce à Dieu, ne
s'étend pas loin; quelque tortueux que soit
le chemin qu'ils adoptent, ils arrivent bientôt à ce terme, la mort !

Pourtant d'autres que nous ayant fouillé
ces funèbres archives, nous croyons ne
pouvoir passer sous silence cet épisode ra-
conté par l'un deux, bien que nous n'ayons
trouvé dans nos laborieuses explorations que
les noms des personnages qui y figuraient.

Dès les premiers jours de la persécution,
Cardel, ministre protestant à Rouen, s'é-
tait réfugié en Angleterre ; mais c'était un

noble cœur, qui se reprocha promptement d'avoir abandonné ses frères, et il rentra bientôt en France pour les soutenir et les consoler.

Tous les efforts de la police étant alors dirigés vers les gens appartenant à la religion réformée, non seulement on sut qu'il était à Paris, mais on apprit qu'il faisait de fréquentes visites à un nommé Blisson dont la sœur, Angélique Blisson, après avoir abjuré le protestantisme pour sauver sa vie menacée, était rentrée dans le giron de l'Église réformée.

Angélique Blisson avait pour fiancé un jeune médecin protestant nommé Bernier. Cardel avait promis de les unir, et comme cette union ne pouvait s'accomplir que secrètement et dans les ténèbres, une nuit avait été choisie pour sa célébration.

Cette nuit si désirée arrive enfin. Cardel, obligé de se dérober à tous les yeux, sort de sa retraite à minuit pour se rendre chez Blisson; mais à peine a-t-il mis le pied dans cette maison, qu'elle est envahie par une bande d'exempts de police.

Blisson et Bernier tentent de se défendre; Cardel adjure les assaillants de se retirer, ce sont des paroles perdues, des cris lancés dans l'immensité du désert: tous sont arrêtés et conduits à la Bastille, mais non pas enfermés sous les mêmes verrous;

il y avait mille raisons pour qu'il en fût autrement.

Angélique Blisson avait été enfermée dans une chambre du deuxième étage de la tour du Puits ; Bernier était dans la calotte de la même tour. Ils ne se savaient pas si voisins, mais la jeune fille, pour adoucir l'ennui de sa captivité, se mit un soir à chanter des psaumes ; Bernier reconnut cette voix bien-aimée qui montait vers lui et y répondit.

Le jour où ils s'entendirent ainsi fut un jour de bonheur. Mais en pareil cas, on ne se trouve jamais assez heureux.

Bernier qui, bien que logé à la calotte, avait trouvé un gardien peu sévère, se procura aisément des plumes, de l'encre, du papier. Le jeune médecin, l'amoureux fiancé écrivit donc ; puis il attacha son épître au bout d'un long fil, qu'il avait fabriqué aux dépens de ses vêtements, et, la faisant passer à travers les barreaux, il la fit descendre dans l'espace. Angélique avait deviné ce message ; elle l'attendait, elle parvint à le saisir ; puis, à défaut d'encre et de plume, elle écrivit la réponse avec la pointe d'une épingle, sur les marges d'un livre de messe qu'on lui avait donné pour aider à sa conversion, et elle l'attacha au fil qui remonta sans accident.

Ces infortunés qui ne pouvaient se voir,

avaient trouvé un adoucissement a leurs maux ; ils étaient aussi heureux que le permettait leur déplorable position, lorsqu'un jour le gouverneur, en se promenant dans le jardin de la forteresse, aperçut la correspondance volante et la fit saisir.

Le crime était grand, car, indépendamment de la désobéissance aux règlements qui interdisaient toute correspondance entre les prisonniers, des lettres d'amour avaient été écrites sur les marges d'un livre de messe par la main d'une protestante ! c'était là une énormité digne des plus terribles châtiments. Bernier, le jeune médecin, fut mis au cachot et ensuite transporté à la prison de Guise. La jeune fille devait subir le même sort ; mais le major qui avait remarqué sa beauté en saisissant la correspondance, se contenta de la mettre dans la chambre d'où son fiancé avait été enlevé.

Rien ne saurait peindre la douleur d'Angélique lorsqu'elle sut que Bernier n'était plus dans cette tour. Qu'en avait-on fait, que lui était-il arrivé ? Ce fut en vain qu'elle supplia le major de le lui apprendre.

— De grâce, disait-elle en tombant à genoux, et levant vers son impitoyable geôlier ses beaux yeux pleins de larmes, apprenez-moi s'il est encore ici ; je jure de ne plus essayer de lui écrire ; mais en le.

sachant dans les mêmes murs que moi, je souffrirai moins.

Mais la vue de ces larmes, qui ajoutaient encore aux charmes de la jeune fille, n'eurent d'autre effet que de surexciter la brutale passion du major.

— Consolez-vous, mon enfant, lui dit-il en la relevant; Dieu merci, il n'y a pas qu'un joli garçon dans le monde.

Il voulut la prendre dans ses bras; Angélique effrayée poussa un cri perçant et, se dégageant des mains de ce misérable, elle s'éloigna de lui autant que le permettait l'exiguïté du lieu.

— Oh ! ma poulette, dit le major, quand on écrit à un homme les belles choses que j'ai lues, on a mauvaise grâce à s'effaroucher pour si peu.

— Ne m'approchez pas, s'écria-t-elle, ou je vais me casser la tête contre le mur!

— Nous connaissons ces façons-là, ma belle, et nous en avons mis à la raison de plus sauvages que vous. Mais, voyons, faisons la paix. Vous n'y aurez pas regret, je vous le promets, et il n'y aura pas de grande dame ici mieux traitée que vous.

— Sortez d'ici, au nom de Dieu !

— Mon enfant, vous avez tort de ne pas être plus raisonnable. Que diable, je suis jeune aussi, moi, et mieux taillé que ce freluquet avec lequel vous auriez voulu passer quelques doux moments.

Il se rapprocha d'Angélique qui poussa de nouveaux cris.

— Allons, reprit le major, la nuit porte conseil; je vous donne jusqu'à demain. Songez bien à ceci : vous serez à moi de force ou de gré, car je l'ai résolu ainsi. Que ce soit de l'une ou de l'autre manière, il n'y aura pas de différence pour moi, mais il y en aura une grande pour vous : je puis faire de vous la plus heureuse femme qu'on ait jamais vue à la Bastille, vous donner une jolie chambre d'où vous verrez Paris, vous permettre la promenade dans le jardin du gouverneur, et faire servir votre table comme celle d'une princesse. Je puis tout cela, et je le ferai si vous voulez m'aimer et me le prouver. Mais je puis aussi vous mettre au cachot, ne vous donner que du pain et de l'eau, et même vous faire mettre à la question ordinaire et extraordinaire, ce qui n'est pas une douce chose, je vous en préviens, et je le ferai si vous ne vous montrez moins farouche.

A ces mots, il sortit, laissant la jeune fille presque folle de désespoir.

Pendant que cela se passait, un porte-clefs entra chez un des prisonniers du premier étage de cette même tour. Ce prisonnier était Blisson qui avait été mis là depuis

la veille seulement et qui ne se savait pas
si près de sa sœur. Il venait d'entendre les
cris d'Angélique et, bien qu'il n'eût pu reconnaître sa voix, ces cris lui avaient causé
une vive émotion.

— Que se passe-t-il donc ? demanda-t-il
au gardien qui lui apportait son souper ;
ces cris de femme m'ont frappé au
cœur.

— Ce n'est rien, répondit en riant le porte-
clefs, c'est le major qui fait la cour à une
poulette du haut.

— Mais c'étaient des cris de douleur, de
désespoir ? le malheureux employait donc
la violence ?

— Ah dame ! le major n'est pas doux de
son naturel, et ce qu'on ne veut pas lui donner, il le prend.

— Le scélérat ! s'écria Blisson qui pensa
alors à sa sœur dont il n'avait pas eu
de nouvelles depuis qu'on les avait sépa-
rés.

Et comme en ce moment le gardien ouvrait
la porte pour sortir, Blisson se précipita sur
lui, le renversa et s'élança dans l'escalier.
A peine eut-il monté quelques marches,
qu'il rencontra le major qui descendait ; ce
dernier tenta de l'arrêter, mais dans l'état
d'exaltation où il était, Blisson était indomp-
table ; il saisit le major par les jambes et
l'envoya rouler sur le gardien qui, renversé

lui-même par le choc, ne put arrêter ce projectile d'une nouvelle espèce, et tous deux arrivèrent de compagnie sur le palier. Pendant ce temps, Blisson frappait à la porte de la chambre d'où les cris étaient partis.

— Sœur ! criait-il de toutes ses forces, c'est moi, Blisson, ton frère. Réponds-moi, je t'en conjure.

Il se tut et écouta, mais le plus profond silence régnait à l'intérieur. Il frappait et criait de nouveau lorsque le gardien et le major qui s'étaient relevés arrivèrent à lui et voulurent le saisir. Blisson d'un coup nerveux colla le major contre la muraille, et il se retournait pour saisir le gardien de l'autre main, lorsque ce dernier lui asséna sur la tête un si furieux coup de ses lourdes clefs, que le malheureux tomba sur ses genoux. Il se releva pourtant et se défendit encore pendant quelques instants ; mais, affaibli par le sang qu'il perdait et qui coulait à flots sur son visage, il alla tomber sur les barreaux de la fenêtre du palier où le major et le gardien, maîtres de lui, l'attachèrent fortement.

— Pardieu ! fit le major, je veux profiter de l'occasion pour faire voir comment on traite ici les récalcitrants ; la leçon lui servira et la rendra plus traitable.

Il ouvrit la porte, et fit aussitôt une exclamation de surprise en même temps que Blisson faisait entendre un cri de rage. L'infortunée jeune fille, prévoyant qu'elle ne pourrait se soustraire à la brutalité du major, s'était pendue aux barreaux de la fenêtre qui se trouvait précisément en face de celle où Blisson était attaché. Le major coupa promptement le fichu ; il était trop tard : la pudique vierge avait cessé de vivre.

—Allons, dit le monstre dont les menaces l'avaient tuée, c'est une pie-grièche de moins ; il y en aura toujours assez de ce numéro-là.

— Angélique ! ma pauvre sœur ! s'écria Blisson.

Et ses efforts pour se détacher étaient si violents, que les cordes qui le retenaient lui entraient dans les chairs.

— Faisons d'abord taire ce braillard-là, dit le major.

Tous deux revinrent à Blisson et le bâillonnèrent avec leurs mouchoirs qu'ils avaient réunis ; le guichetier lui brisa les dents avec une de ses clefs pour faire pénétrer ce bâillon ; puis il alla chez deux de ses camarades, et le malheureux Blisson fut porté au cachot où il mourut le lendemain.

Cet événement passa en quelque sorte inaperçu, tant les atrocités de cette nature étaient fréquentes à la Bastille où, sur trois prisonniers, dit un historien, un devenait fou et l'autre se tuait. Le major prétendit que la jeune protestante était devenue folle d'amour et qu'à cela devait être attribué son suicide. Cela parut tout naturel et le gouverneur n'en demanda pas davantage.

# CHAPITRE IV

**La persécution. — L'abbé du Chayla.**

Deux hommes se sont acquis une célébrité sanglante dans l'application de l'Édit néfaste de Louis XIV : l'intendant Foucault et l'abbé du Chayla.

Le premier étendit la cruelle répression sur le Béarn, le Haut-Languedoc, le Poitou, l'Angoumois, etc.

L'autre, le féroce archidiacre, soumit aux plus affreux traitements, aux plus horribles tortures, les réformés du Bas-Languedoc, de la Lozère, du Haut et du Bas-Vivarais.

François de Langlade du Chayla, prieur de Laval, archiprêtre des Cévennes, avait été nommé inspecteur des missions du Bas-Languedoc.

Ancien missionnaire dans le royaume de Siam, il avait rapporté de l'Inde des habitudes de zèle outré, un fanatisme exagéré, une haine inassouvie contre les hérétiques, qui devaient se déverser sur les réfractaires du Midi de la France. Ayant bravé les plus atroces supplices, dont il portait la trace indélébile sur sa face mutilée et sinistre, il avait appris chez les barbares l'art de varier les tortures et de faire souffrir.

Il allait s'ingénier à appliquer aux protestants les tortures auxquelles les barbares d'Orient soumettent les convertisseurs catholiques.

Il ne dédaignait pas de faire lui-même l'office de bourreau.

Quand on lui amenait une bande de prisonniers, il faisait ouvrir avec des haches une poutre dans toute sa longueur, puis, dans cette longue entaille tenue béante, il faisait placer les pieds des prisonniers. Lorsque toute une grappe humaine était ainsi disposée le long du baliveau, on laissait le bois se resserrer ; des chevilles enfoncées de distance en distance maintenaient dans cet étau les membres meurtris des malheureuses victimes.

On appelait *ceps* ces chaînes d'un nouveau genre

Pendant que cette épouvantable opération s'accomplissait, l'abbé du Chayla s'amusait à tenir en éveil les patients.

Aux uns, il arrachait avec des pinces le poil de la barbe et des sourcils ; aux autres, c'était les ongles qu'il tirait avec des tenailles.

A ceux-ci, il plaçait des charbons ardents dans les mains qu'il maintenait fermées jusqu'à ce que la braise fût éteinte.

A ceux-là, il enveloppait les doigts dans du coton imbibé d'huile ou de graisse, et y mettait le feu, le laissant brûler, jusqu'à ce que les flammes eussent dévoré les chairs jusqu'aux os.

Comme ces supplices n'amenaient aucune conversion, l'abbé ne se gênait pas pour recourir à d'autres mesures plus radicales, sinon plus atroces.

Les condamnations aux galères, les confiscations, les pendaisons, les fusillades, la roue et les bûchers, tout était mis en œuvre pour amener de nouveaux convertis à la messe ou découvrir soit des familles qui tentaient de fuir à l'étranger, soit des pasteurs qui essayaient d'échapper aux poursuites et s'enfermaient dans des retraites sauvages, des cavernes, des forêts profondes, soit encore des assemblées religieuses. Les plus horribles tourments attendaient les fugitifs qui se laissaient prendre, ou les fidèles qui chantaient dans des lieux écartés, dans les clairières ou sur les hauteurs, les louanges de Dieu. Ces atrocités furent poussées à un tel excès, qu'elles soulevèrent le blâme même des parents du sanguinaire abbé; mais celui-ci n'en poursuivit qu'avec plus de zèle et d'ardeur son implacable persécution.

En juillet 1702, des jeunes filles, les demoiselles Sexti, essayent d'échapper, sous la conduite d'un nommé Massifs et en compagnie d'autres protestants, à la colère du terrible inquisiteur, à qui on a révélé leur foi ardente dans les dogmes nouveaux; Les fugitifs sont poursuivis, arrêtés et jetés dans les ceps, au pont de Montvert.

L'abbé du Chayla fait aussitôt instruire le procès de ces malheureux par le délégué de l'intendant. Il réclame un exemple et exige une punition qui épouvante tous ceux qui seraient tentés de les imiter.

En vain essaye-t-on de fléchir son farouche fanatisme. Prières, supplications, larmes, offre de riches rançons, tout le laisse inflexible.

Les parents, les amis de ces infortunés se retirent le désespoir dans l'âme, et se rendent sur la montagne de Bougès, pour rendre compte de la réponse de l'abbé à leurs coreligionnaires réunis dans une assemblée absolument religieuse.

Leur récit émeut l'assistance. On frémit à l'idée des souffrances, des tortures qui menacent les prisonniers. Ne fera-t-on rien

pour les arracher à la férocité de leur bourreau ?

Des prophètes, sortes d'illuminés pro-
duits par la persécution et dont l'âme s'est
exaltée dans la résistance, Pierre Esprit,
dit Séguier, Salomon Couderc, Abraham
Majel, joignent à ces exhortations des discours enflammés et proclament que l'Esprit-Saint commande de sauver ces victimes de la religion. L'heure de la lutte a
sonné ; Dieu sera à côté des combattants.

Une cinquantaine d'hommes armés de
vieilles épées, de hallebardes rouillées, de
faux, de fusils, de pistolets forment un
corps d'expédition, sous la conduite de
chefs improvisés : Esprit, dit Séguier,
Rampon, Pierre Nouvel et Moïse Bonnet.

Dès que la nuit est venue, ils tombent à
genoux et implorent, dans une ardente
prière, l'assistance de Dieu. Ils partent,
précédés d'une avant-garde de huit hommes. Les ténèbres étaient profondes quand
ils arrivèrent au pont de Montvert. Les
habitations sont silencieuses, les rues dé-
sertes, tout dort dans le bourg au moment
où la petite troupe y pénètre. Alors les réformés entonnent des psaumes, recomman-
dant, dans les intervalles des versets, aux
habitants que ces chants éveillent en sur-
saut, de ne pas se mettre aux fenêtres, sous
peine de mort.

Ce bruit de voix s'élevant en chœur, ces pas frappant le sol, attirent l'attention du tigre en soutane qui ne dort que d'un œil Il se dresse, il écoute, il regarde, et son œil s'allume d'un sinistre éclair.

— Oh! oh! dit-il plein de fureur, ces fanatiques osent venir, ici, tenir leur assemblée. Qu'on les arrête et qu'on les fusille, crie-t-il à des séides qui ne l'abandonnent jamais.

Mais avant que ses ordres soient exécutés, sa maison est cernée et des cris impérieux lui demandent la mise en liberté des prisonniers.

Lui enlever ces hérétiques, ces relaps voués à la roue ou au bûcher! autant lui arracher les entrailles.

— Feu sur les suppôts de Satan! s'écrie-t-il.

La fusillade éclate; un des réformés est mortellement atteint.

La fureur des protestants s'alluma devant cet attentat. Des cris de mort partent de leurs rangs. On se précipite sur la porte de la maison habitée par l'abbé du Chayla, on l'enfonce avec des haches et des poutres. L'abbé court, affolé, de chambre en chambre, et se réfugie dans un cabinet voûté du second étage.

Cependant les protestants se sont élancés vers les prisons pour délivrer leurs coreligionnaires. A la vue de ces infortunés, brisés, exténués par les privations, les souffrances, les mauvais traitements, la joie bruyante des libérateurs se change en cris de rage. Ils somment l'abbé de se rendre. Mais celui-ci, au lieu de parlementer, fait exécuter une seconde décharge qui va atteindre un des assistants.

Alors, pour en finir, ceux-ci mettent le feu à la maison.

La flamme se propage avec rapidité. L'abbé qui cherche à fuir a l'épaule brûlée. Un de ses domestiques l'aide à attacher un drap de lit à une fenêtre par où il pourra gagner son jardin. Mais le malheureux, dans sa descente vertigineuse, se laisse tomber et se casse une cuisse.

Brûlé, sanglant, il a encore la force de se traîner vers la haie de son jardin. Mais les flammes de l'incendie trahissent sa présence sous les touffes du buisson, et il entend, non sans terreur, ce cri partir de la bouche de ses ennemis :

— Allons garrotter le persécuteur des enfants de Dieu !

Au même instant l'abbé est entouré, saisi, traîné jusqu'au milieu du jardin.

Les réformés, au paroxysme de la fureur, l'œil sanglant, la bouche écumante, brandissent leurs armes d'un air terrible, en s'écriant :

— L'abbé, tu vas mourir !

— Eh ! mes amis, répliqua cet homme de fer, avec une ironie et un sang-froid vraiment incroyables, si je suis damné, en voulez-vous faire de même ?

Mais, au lieu de lui répondre, le chef de l'expédition s'approche de lui, et son bras, guidé par la lueur de l'incendie, enfonce jusqu'à la garde une épée dans la poitrine de l'abbé, en lui disant :

— Voilà pour les violences que tu as fait subir à mon père !

C'est le signal donné.

Tous ceux qui ont un grief contre le terrible prêtre vaincu s'avancent et le frappent.

— Voilà, lui dit un nommé Lefort, pour le supplice que tu m'as fait subir en m'arrachant avec des pincettes les poils de ma barbe, de mes cils et de mes sourcils !

— Voilà, s'écrie Couderc, pour Françoise Brez, du pont de Montvert, que tu as fait étrangler, parce qu'elle avait reproché à de nouveaux convertis d'être retournés à la messe !

Ces reproches sanglants, suivis d'un coup mortel, se succèdent et se multiplient à ce point, que bientôt le corps du bourreau vaincu ne forme plus qu'une plaie.

Lorsqu'on releva son cadavre, on le trouva

percé de cinquante-deux coups d'épée, de
faux ou de poignard.

Cette exécution était comme le prologue
du grand drame qui allait bientôt se jouer
dans les Cévennes.

# CHAPITRE V

## Soulèvements. — Les prophètes.
## Les premiers chefs :
## Laporte, Castanet, Roland.

Cette échauffourée dessinait l'insurrection, c'était une levée d'armes qui devait nécessairement amener une sanglante répression de la part de l'autorité royale.

Les auteurs du meurtre de l'abbé du Chayla comprirent les conséquences de l'attentat et de l'agression qu'ils venaient de commettre, et, au point du jour, ils quittèrent le Pont de Montvert pour chercher un abri contre des vengeances et des représailles prévues.

Mais avant de s'éloigner, ils crurent devoir faire une nouvelle exécution qui jeta la terreur parmi leurs implacables ennemis.

Un sieur Reversat, prêtre de Fougères, fut trouvé porteur d'une lettre qu'il venait apporter à l'abbé du Chayla et dans laquelle il désignait à ce dernier plus de vingt personnes bonnes à faire arrêter dans sa paroisse.

Une décharge de coups de fusils punit le dénonciateur.

La bande se réfugia alors dans une grange située sur la montagne voisine. De cette hauteur, les insurgés aperçurent tout le canton en mouvement, traversé de milices chargées de poursuivre les coupables.

Ne se sentant pas en sureté sur ce point, ceux-ci se réfugièrent dans les bois de Faux-des-Ormes où ils pouvaient plus facilement se retrancher et se fortifier.

Cependant tout le pays était dans l'effarement. Les prêtres, redoutant le sort subi par l'abbé du Chayla et le curé de Fougères, fuyaient de toute part, abandonnant leur église. M. de Broglie se mit à la tête de la noblesse de Montpellier et envahit les Cévennes; de son côté, M. de Peyre, lieutenant général du Languedoc, arriva avec deux mille hommes de troupes Sans doute ces forces imposantes vont étouffer l'insurrection dans son germe.

Il n'en est rien. La grandeur du péril, au lieu d'abattre les révoltés, exalte leur courage et les pousse à la résistance. Le nombre des combattants s'accroit sans cesse, mais il faut des armes. Ils s'en procureront par un coup de main qui dégénérera en attentat sanglant. Hélas ! désormais les représailles, les crimes, les meurtres, les cruautés déshonorent souvent les deux partis ; mais la palme en fait d'atrocités et de massacres, demeurera au parti catholique.

Les insurgés s'avancent donc vers le château de la Devèze et somment le propriétaire de leur remettre les armes qui s'y trouvent. M. de la Devèze répond à cette sommation en faisant sonner le tocsin et en faisant tirer par ses gens sur les assaillants. Ceux-ci ont un homme tué, et ce meurtre les exaspère. Ils font le siège du château, l'emportent de vive force, et massacrent tout ce qui s'y trouve : M. de la Devèze, sa mère, âgée de quatre-vingt ans, son frère, sa sœur, un oncle et le fermier du domaine.

Ce fait déplorable accompli, ils disparaissent dans les bois environnants et dans des retraites sûres que leur offrent les hauteurs voisines.

M. de Broglie n'était pas un grand guerrier ; il y a eu dans cette famille bien des intrigants, bien des brouillons qui justifiaient la signification de leur nom, mais pas un capitaine de marque, ni un homme d'État. Aussi le de Broglie qui commandait de nobles volontaires catholiques, dans les

Cévennes, ne sut-il pas joindre les **insur-gés** et les laissa s'évanouir comme **une** nuée orageuse qui se dissipe d'elle-même.

Il suppose que les révoltés sont rentrés chez eux ou qu'ils se sont retirés dans des retraites inaccessibles à ses soldats. Il licencie ses troupes, renvoie dans ses foyers la noblesse qui l'avait accompagné, et établit des compagnies de fusiliers au Pont de Montvert, à Colet, à Ayres, à Barre et au Ponpidou, sous le commandement de l'officier Poul.

Poul, originaire de Carcassonne, était un chef excellent. Il connaissait la guerre, ayant bataillé en Allemagne, en Hongrie, en Piémont. Il établit son quartier général à Florac et débuta par un succès.

Les insurgés s'étaient établis aux environs de Florac, dans la plaine de Font-Morte. Poul fondit sur eux, les tailla en pièces et leur fit de nombreux prisonniers. Parmi ceux-ci se trouvaient les principaux chefs de la révolte : Pierre Nouvel, Moïse Bonnet et le fameux prophète Esprit, dit Séguier.

— Eh bien ! malheureux, lui demanda Poul, chemin faisant, comment t'attends-tu à être traité ?

— Comme je t'aurais traité moi-même, lui répondit Séguier, qui était chargé de chaînes.

Par jugement de la chambre de justice séant à Florac :

Esprit Séguier eut le poing coupé et fut brûlé vif.

Pierre Nouvel fut roué à la Devèze.

Moïse Bonnet fut pendu à Saint-André de Lancise.

Ces trois exécutions ne demeurèrent pas isolées ; il fallait terroriser la contrée, et, grâce aux dénonciations, les potences, les bûchers, les échafauds se dressèrent de toute part.

C'en était fait de cette tentative d'insurrection. La bande de Séguier, réduite par le dernier combat, par la raison et le découragement, errait dans les montagnes, comptant à peine une trentaine d'hommes que saisissait déjà le découragement, parlaient de déposer les armes, et d'aller dans les pays étrangers chercher la sécurité et la paix de leur conscience.

Mais ces désastres mêmes avaient exalté le fanatisme farouche de quelques-uns d'entre eux.

Un nommé Laporte se lève et s'indigne contre cette désertion.

C'était un homme d'une quarantaine d'années, musculeux, carré d'épaules. Il avait servi dans l'armée française. Après son congé, il s'était fait maître de forges près du Collet de Dèze. D'une piété fougueuse, il trouvait ses délices à chanter des psaumes d'une voix tonnante.

« Le parti que vous voulez prendre est
« impraticable, s'écrie-t-il. Il en existe un
« autre plus digne de vous et plus conforme
« au courage que vous avez fait paraître,
« en délivrant les victimes destinées à la
« mort, que l'abbé du Chayla tenait dans
« les ceps. Il faut continuer d'être les libé-
« rateurs des malheureux qu'un fanatisme
« aveugle persécute avec tant de fureur et
« de rage, et se défaire, dans cette vue,
« de tous les prêtres qui sont eux-mêmes,
« non seulement les instigateurs, mais le
« plus souvent les auteurs des violences
« sous lesquelles tous les protestants gé-
« missent. Un plus grand destin s'offre
« même à votre zèle, celui de mourir les
« armes à la main, plutôt que de vivre plus
« longtemps sans temples, sans ministres,
« sans exercices de piété. Armez-vous et
« demandez le rétablissement de vos pri-
« vilèges, la liberté qui vous a été ravie
« avec tant d'injustice, en violant tous vos
« droits, après les serments les plus solen-
« nels. Après tout, il vous sera beaucoup
« plus glorieux de périr, s'il le faut, sous
« le poids d'une si belle entreprise, que de
« le faire par la main du bourreau, après
« avoir abandonné, en gens timides et sans
« cœur, la gloire de la première, ce qui

« vous arrivera infailliblement. L'exemple
« de vos compagnons en est un triste ga-
« rant.

« Votre petit nombre ne doit pas être un
« obstacle à votre entreprise, non plus que
« l'embarras d'avoir des armes. Dès que
« votre résolution sera connue, votre
« nombre ne manquera pas de se grossir.
« Persuadez-vous que les mauvais traite-
« ments dont les protestants sont accablés
« partout, que les exemples de sévérité
« dont on use à leur égard et à leur occa-
« sion vous fourniront chaque jour de
« nouvelles recrues, et que vous vous
« procurerez des armes en désarmant les
« catholiques ou en gagnant des batail-
« les. »

Salomon Couderc renforce par de nouveaux arguments le discours de Laporte.

Abraham Majel, qui jouait le rôle de
prophète, cherche à son tour à ranimer les
courages et termine son ardente allocution
par cette parabole que nous citons pour
faire connaître le caractère naïf et fanati-
que de cette insurrection :

« J'ai vu en songe des bœufs noirs, gras
« et gros, qui broutaient les plantes du
« jardin.

« Un homme m'a dit de les chasser.

« J'ai longtemps refusé.

« Il a renouvelé ses instances.

« Peu de temps après, j'ai reçu une ins-
« piration dans laquelle j'ai appris que le
« jardin était l'Église, et les gros bœufs
« noirs les prêtres qui la dévoraient, et que
« moi, Abraham, je serais appelé à les
« mettre en fuite. »

A l'origine des religions comme aux
époques de leur persécution, on voit les
prophètes jouer un grand rôle.

Il faut que le merveilleux frappe les esprits populaires et que des *voix inspirées
de Dieu* leur prêchent la parole sainte, les
maintiennent dans la foi et leur donnent la
constance des héros ou des martyrs.

Aussi chaque troupe, dans la guerre des
Cévennes, avait son prophète qui la guidait,
lui promettait à jour dit la victoire, et la
rendait par cela même invincible.

« Tout ce que nous faisions, dit Durand
Faye, dans son *Théâtre sacré des Cévennes,*
soit pour le général, soit pour notre conduite particulière, c'était toujours par ordre
de l'Esprit. Les plus simples, les enfants
même, étaient nos oracles, surtout quand
ils insistaient, dans l'extase, avec redoublement de paroles et d'agitations, et que
plusieurs disaient la même chose.

« Etait-il des occasions de grande importance? nous nous jetions tous à genoux;
on faisait une prière générale, et chacun
demandait à Dieu qu'il lui plût de nous

diriger dans l'affaire dont il s'agissait : et voilà incontinent qu'en divers endroits on apercevait quelqu'un saisi de l'Esprit, et que tous les autres couraient pour entendre ce qui serait prononcé. Dès que les *inspirés* avaient dit la même chose par rapport à ce qui était en question, nous nous mettions aussitôt en devoir d'obéir. Ainsi, devions-nous attaquer l'ennemi ? étions-nous poursuivis ? la nuit surprenait-elle ? craignions-nous les embuscades ? arrivait-il quelque accident ? fallait-il marquer le lieu de l'assemblée ? aussitôt la prière était ordonnée : « Seigneur, disions-nous, fais-nous connaître ce qu'il te plaît que nous fassions pour ta gloire et notre bien. » Et l'*Esprit* nous répondait et nous disait ce que nous devions faire.

« La mort ne nous effrayait point, nous ne faisions aucun cas de notre vie, pourvu qu'en la perdant pour la querelle de notre Sauveur et obéissant à ses commandements, nous remissions nos âmes entre ses mains. Lorsque la mort était prédite à quelqu'un de nous, aussitôt celui-là se mettait entre les mains de Dieu et se résignait à sa volonté avec confiance, s'estimant heureux de le pouvoir glorifier dans la mort comme dans la vie. On n'entendait point dire qu'aucun de ceux qui étaient appelés, et le nombre en était grand, à sceller la vérité par leur sang, eût la moindre tentation de racheter sa vie par une lâche révolte, comme plusieurs auraient pu le faire s'ils avaient voulu ; ce même *Esprit-Saint*, qui les avait tant de fois assistés, les accompagnait jusqu'au dernier moment.

« Lorsqu'il s'agissait d'aller au combat, et que l'Esprit nous avait fortifiés par ces bonnes paroles : — « N'appréhendez rien, « mes enfants, je vous conduirai, je vous as- « sisterai, » nous entrions dans la mêlée comme si nous étions vêtus de fer, ou comme si les ennemis n'eussent eu que des bras de laine. Avec l'assistance de ces heureuses paroles de l'*Esprit de Dieu*, nos petits gar- çons de douze ans frappaient à droite et à gauche, comme de vaillants hommes. Ceux qui n'avaient ni sabres ni fusils, faisaient des merveilles à coups de perche et à coups de fronde ; et la grêle des mousque- tades avait beau siffler à nos oreilles, et percer nos chapeaux et nos manches, comme l'Esprit nous avait dit : « Ne crai- gnez rien, » cette grêle de plomb ne nous inquiétait pas plus qu'aurait fait une grêle ordinaire.

« Il en était de même dans toutes les oc- casions, lorsque nous étions guidés par nos Inspirations. Nous ne posions point de sen- tinelles autour de nos assemblées, quand l'*Esprit*, qui avait soin de nous, nous avait déclaré que cette précaution n'était pas nécessaire; et nous aurions cru être en sûreté sous les chaînes et dans les cachots dont le duc de Berwick et l'intendant Basville auraient été les portiers, si l'*Inspiration* nous eût dit : « Vous serez délivrés. »

« Il faudrait de gros volumes, écrivait Elie Marion ( *Théâtre sacré des Cévennes* ), pour contenir l'histoire de toutes les merveilles que Dieu a opérées par le ministère des Inspirations qu'il lui a plu de nous envoyer. Je puis protester devant lui, qu'à parler généralement, elles ont été nos lois et nos guides, et j'ajouterai avec vérité que lorsqu'il nous est arrivé des disgrâces, c'était pour n'avoir point obéi ponctuellement à ce qu'elles nous avaient commandé, ou pour avoir fait quelques entreprises sans leurs ordres.

« Ce sont nos Inspirations qui nous ont mis au cœur de quitter nos proches et ce que nous avions de plus cher au monde, pour suivre Jésus-Christ et pour faire la guerre à Satan et à ses compagnons. Ce sont elles qui ont donné à nos vrais inspirés le zèle de Dieu et de la religion pure, l'horreur pour l'idolâtrie et l'impiété ; l'esprit d'union et de charité, de réconciliation et d'amour fraternel qui régnait parmi nous ; le mépris pour les vanités du siècle et pour les richesses iniques, car l'Esprit nous a défendu le pillage, et nos soldats ont quelquefois réduit des trésors en cendres avec l'or et l'argent des temples et des idoles, sans vouloir profiter de cet interdit. Notre devoir était de détruire les ennemis de Dieu, non de nous enrichir de leurs dépouilles, et nos persécuteurs ont diverses fois éprouvé que les promesses qu'ils nous ont faites des avantages mondains n'ont point été capables de nous tenter.

« C'est uniquement par les Inspirations et par le redoublement de leurs ordres que nous avons commencé notre sainte guerre. Comme un petit nombre de jeunes gens, simples, sans éducation et sans expérience, auraient-ils fait tant de choses, s'ils n'avaient pas eu le secours du ciel? Nous n'avions ni force, ni conseil, mais nos Inspirations étaient notre appui.

« Ce sont elles qui ont élu nos chefs et qui les ont conduits; elles ont été notre discipline militaire; elles nous ont appris à essuyer le premier feu de nos ennemis à genoux, et à les attaquer en chantant des psaumes, pour porter la terreur dans leur âme. Elles ont changé nos agneaux en lions, et leur ont fait faire des exploits glorieux; et quand il est arrivé que quelques-uns de nos frères ont répandu leur sang, soit dans les batailles, soit dans le martyre, nous n'avons pas lamenté sur eux. Nos Inspirations ne nous ont permis de « pleurer que pour nos péchés et pour la « désolation de Jérusalem ». Ce sont elles qui nous ont suscités, sous la faiblesse même, pour mettre un frein puissant à une armée de plus de 20,000 hommes d'élite ; qui ont animé nos prédicateurs, et qui leur ont fait proférer avec abondance des paroles qui repaissaient solidement nos âmes.

« Ce sont elles qui ont banni la tristesse de nos cœurs au milieu des plus grands périls, aussi bien que dans les déserts et les trous des rochers, quand la faim et le froid nous pressaient et nous menaçaient.

« Nos plus pesantes croix ne nous étaient que des fardeaux légers, à cause que cette intime communication que Dieu nous permettait d'avoir avec lui nous soulageait et nous consolait ; elle était notre sûreté et notre bonheur.

« Ce sont nos Inspirations qui nous ont fait délivrer plusieurs prisonniers de nos frères ; reconnaître et convaincre des traîtres ; éviter des embûches, découvrir des complots et frapper à mort des persécuteurs.

« Si les Inspirations de l'Esprit-Saint nous ont fait remporter des victoires sur nos ennemis par l'épée, elles ont fait plus glorieusement triompher nos martyrs sur les échafauds. C'est là que le Tout-Puissant a fait des choses grandes ; c'est là le terrible creuset où la fidélité et la vérité des Saints a été prouvée. Les paroles excellentes de consolation et les cantiques de réjouissance du grand nombre de ces malheureux martyrs, lors même qu'ils avaien, les os brisés sur les roues ou que la flammes avaient déjà dévoré leur chair ont été sans doute de grands témoignages que leurs Inspirations descendaient de tout don parfait. »

La chaude allocution de Laporte, les ardentes excitations de Salomon Couderc et d'Abraham Majel avaient relevé tous les courages et changé les dispositions des auditeurs.

Tous jurèrent de combattre et de mourir pour l'Eglise persécutée.

Laporte, à l'unanimité, fut élu chef.

Immédiatement, celui-ci, prenant au sérieux le commandement qui lui était déféré, fit appel à ses anciennes connaissances de soldat des armées du roi et se mit à exercer sa petite troupe, jusqu'alors fort inexpérimentée, au maniement des armes.

Tandis que l'insurrection se dessinait dans les hautes Cévennes, des événements survenaient dans les environs de Nîmes et dans la Vaunage qui allaient apporter des contingents nouveaux aux forces de Laporte et faire diversion à celles de l'ennemi en divisant sous cette attaque et en le forçant à se montrer sous plusieurs points à la fois.

La révolte de la Vaunage et des basses Cévennes prit son origine dans le meurtre d'un des persécuteurs de la province, ainsi qu'il en était advenu à la suite de l'exécution de l'abbé du Chayla.

Un ancien protestant, colonel des milices, inspecteur des nouveaux convertis dans le canton, M. de Saint-Côme, se faisait remarquer par son zèle cruel et impitoyable contre ses anciens coreligionnaires. Son abjuration, après la révocation de l'Édit de Nantes, lui avait valu une pension de 2,000 livres sur la cassette du roi, et il faisait tous ses efforts pour se montrer reconnaissant de cette faveur. Il s'était constitué l'espion et le persécuteur des calvinistes, et il dénonça successivement les assemblées religieuses qui s'étaient tenues aux lieux de Saint-Côme, de Candiac et des Garrigues de Vauvert.

Il fit en outre désarmer, depuis Aymargues jusqu'à Saint-Gilles, une foule de pauvres gens qui n'avaient d'autre industrie pour vivre que la pêche et la chasse.

Tant de haines soulevées devaient amener une terrible vengeance.

Le 13 août 1702, Abdias Moret, surnommé Catinat à cause de son admiration pour le maréchal de ce nom, les deux frères David, du lieu du Cayla, Rancillan et Benezet, de Vauvert, et Bourdon, de Bernis, tendirent une embuscade à M. de Saint-Côme, sur le chemin de Vauvert à Codognan. Ils se jetèrent sur le colonel, le désarmèrent et lui cassèrent la tête avec un des pistolets qu'ils lui avaient arrachés.

Ce meurtre attira nécessairement sur la contrée les rigueurs de l'autorité. Mais ce ne furent pas les coupables qui furent punis. Ils avaient disparu, et parents, amis, concitoyens, innocents, accablés par de lâches dénonciations, subirent les plus cruelles persécutions et les plus terribles châtiments. On mettait à la torture ceux qui ne voulaient ou ne pouvaient dévoiler la retraite des meurtriers, et bientôt toute la contrée fut livrée à la plus affreuse désolation.

La crainte des supplices créait sur tous les points des fugitifs qui devaient nécessairement aller grossir la bande des insurgés.

Les malheureux, d'abord sans chef, sans direction, erraient dans les montagnes, affolés et mourant de faim, lorsqu'un nommé Roland, neveu de Laporte, se montra au milieu d'eux; avec un noyau de troupes formées de jeunes calvinistes.

« Roland était de Mialet, « dit M. Ernest Alby; MM. Haag le font naître à Massoubeyrac en 1675. Il avait servi, connaissait la guerre et tout ce qui se rattachait à l'enrôlement, à l'entretien et à la conduite d'une troupe armée.» En outre, dit l'auteur déjà cité, Roland était doué de ces qualités physiques et morales qui font le mérite d'un chef de parti, en tout temps et en tout lieu. Sa physionomie respirait la noblesse et la fermeté. Nul ne l'égalait en intrépidité et en activité. Il se montrait infatigable et ne mettait aucun frein à l'excès de son zèle pour toutes les choses qui touchaient à la religion protestante, dans laquelle il était né.

Les violences, les infamies de M. de Saint-Côme avait merveilleusement servi ses projets. Il lui fut facile d'organiser dans son canton un commencement de résistance, et en peu de jours il se vit à la tête de vingt-huit jeunes gens qui lui étaient aveuglément dévoués.

C'est en homme de guerre et en prophète qu'il parla aux fugitifs lorsqu'il se présenta au milieu d'eux :

« Il s'agit de la cause de Dieu et de la délivrance de son Eglise, leur dit-il. Vous retirerez mille avantages de votre jonction avec vos frères des montagnes. Là-haut vous trouverez des bois et des cavernes pour vous retirer, des hameaux et des maisons champêtres pour vous nourrir. Les châtai-

gnes mûres que l'on va cueillir, les fontaines
qui coulent partout, vous fourniront abon-
damment de quoi subsister. Ainsi, ne soyez
en souci de rien. L'*Esprit* m'a dit que le Ciel
accomplirait des miracles en notre faveur.
Quant à moi, je ferai mon devoir; je saurai
profiter de l'avantage des lieux, soit pour
attaquer, soit pour me rallier, soit pour me
retirer en bon ordre. »

Ce discours impressionna vivement les
assistants, et Roland vit sa troupe se grossir
d'un certain nombre d'hommes résolus et
déterminés.

Une autre troupe, levée par un troisième
chef, devait, en se joignant à lui, permettre à Laporte de tenir enfin la cam
pagne.

André Castanet était garde forestier de
Montagne-de-Laigoal. Il avait vingt-six
ans lorsqu'il se produisit dans les prêches
et fit entendre sa parole enthousiaste et
colorée.

« Comme dans son enfance on lui avait
appris à lire et à écrire, dit Brueys, et
comme il avait passé sa jeunesse dans la solitude des forêts, il avait tâché de réparer du
côté de l'esprit ce que la nature lui avaitre-
fusé du côté du corps, en s'appliquant dans
la retraite à étudier la controverse et à com-
poser même des sermons qu'il prononçait
dans les assemblées avec tant d'emphase,

qu'il passait parmi ses frères pour un de leurs plus grands prédicants. »

C'en était fait, la guerre des Cévennes était engagée. Bientôt un chef plus illustre, plus capable viendra lui donner ce caractère de grandeur, d'acharnement, d'importance qui menaça sérieusemeut le trône de Louis XIV, déjà fortement ébranlé par les guerres extérieures.

« Si aux deux révoltes produites par l'abbé de Chayla, dit M. Ernest Alby, par celle de M. de Saint-Côme; si à celle d'André Castanet vous ajoutez les poursuites arbitraires, les iniquités et les cruautés du gouvernement, les rivalités religieuses, les vengeances des familles, le zèle des apostats, la cupidité des méchantes âmes, l'ambition des chefs, l'ignorance des soldats, la scélératesse des uns, la vertu des autres, le fanatisme des deux partis, vous aurez la connaissance exacte des causes qui produisirent cette guerre des Cévennes dans laquelle périrent plus de cent mille individus. »

En se voyant à la tête d'une troupe nombreuse, *Laporte prit le titre de colonel des enfants de Dieu qui cherchent la liberté de conscience;* c'était un peu long et en même temps mystico-libéral. Il faut remarquer que l'insurrection religieuse avait à cette époque un double caractère.

Laporte data ses lettres du *Camp de l'Eternel.*

Sa première affaire eut lieu au pont de la rivière de Vébron, près de Florac, où il battit et mit en déroute trois compagnies bourgeoises, du régiment de Miral. Ces compagnies abandonnèrent sur le lieu de leur défaite tout le produit des rapines et du pillage qu'elles avaient pratiqués dans la contrée. Laporte assembla les propriétaires spoliés et leur rendit tout ce qui leur avait été enlevé.

Le commandant Poul jura de venger l'échec des troupes catholiques.

Le lendemain il part à la tête de trois compagnies et d'un certain nombre de volontaires et marche contre Laporte. Les réformés occupaient une assez bonne position, sur une hauteur qui dominait le champ Domergues. Poul, en capitaine expérimenté, prend ses positions d'attaque. Laporte qui commande une troupe bien inférieure en nombre à celle des ennemis, consulte ses hommes. Ceux-ci, en présence des nombreux assaillants dont ils vont subir le choc, jugent prudent de battre en retraite. Mais Laporte exalte le courage de ses soldats. Il entonne un psaume et fond sur Poul en entraînant sa troupe à sa suite.

Le combat s'engage avec beaucoup de vigueur ; la mêlée devient plus ardente :

la fusillade est très vive de part et d'autre. Mais Laporte s'aperçoit que ses hommes combattent à découvert, tandis que Poul a retranché ses soldats derrière des arbres et des rochers. En présence de cette infériorité de position, il juge prudent de faire retirer sa troupe et de regagner son campement, où l'ennemi n'osa pas le poursuivre.

Cette affaire où Laporte et sa troupe avaient montré le plus grand sang-froid uni au plus audacieux courage, fit grand honneur aux réformés. A partir de ce jour on les appela *Housards* et *Barbets*, en faisant allusion à leur vaillance et en les comparant aux anciens Vaudois.

On doit comprendre que ces échecs, cette impuissance contre l'insurrection, exaspéraient les agents du gouvernement; aussi les persécutions, les spoliations, les violences redoublaient-elles contre les innocents et les habitants paisibles qui n'avaient pas jugé à propos de gagner la montagne. On continuait à torturer et à fusiller, pour obtenir des aveux sur les lieux de retraite occupés par les révoltés. Ces mesures barbares chassaient de leurs demeures les populations épouvantées qui allaient grossir les rangs de Laporte.

Il fallait armer ces nouveaux contingents Aussi les premières expéditions de Laporte, de Roland et de Castanet eurent-elles pour principal objet la recherche des armes. Les églises, les maisons curiales, les couvents qui servaient d'arsenal, de poudrière, de casernes furent assaillis, pillés et démolis. L'alarme se répandit dans la contrée et de Broglie accourut de nouveau pour tenter une nouvelle et inutile expédition, car il ne put jamais atteindre les insurgés.

Poul fut plus heureux.

Il poursuivait avec acharnement le chef Laporte, déjà célèbre par son courage et par les exploits qu'il avait accomplis.

Un dimanche, le 22 octobre 1702, Poul apprend que le chef des insurgés s'est retiré sur une hauteur qui domine le vallo de Sainte-Croix-Vallée-Française, entre le chemin de Temelac et le château de Mazel.

Il se met immédiatement en route, tout en dissimulant sa marche, et arrive, sans avoir été aperçu, au pied de la position qui lui a été indiquée. Il dispose ses compagnies avec soin et place ses hommes de façon à envelopper la troupe de Laporte. Ce dernier est enfin prévenu de la présence de Poul. Il range immédiatement ses soldats en bataille, les anime de son courage et leur promet la victoire, qui leur serait peut-être restée si un accident fortuit n'était venu rendre inutiles leur fermeté et leur vaillance. Une violente pluie s'était abattue sur eux, et lorsque Laporte commanda le feu, trois fusils seulement partirent. La poudre était mouillée, et les calvinistes se trouvèrent en quelque sorte désarmés, à la merci de leurs ennemis, qui, eux, avaient intactes leurs armes et leurs munitions. Poul en effet profite du désarroi de ses adversaires et fond sur eux, assuré désormais de la victoire.

Laporte qui a mesuré le danger de sa situation, s'avance pour ranger ses hommes derrière des rochers ; mais au même instant, il tombe frappé d'une balle.

En voyant succomber l'illustre chef des calvinistes, les hommes de Poul s'élancent en poussant des cris de triomphe. Mais Abraham Couderc a pris le commandement des révoltés, et ceux-ci opèrent leur retraite avec tant d'ordre et d'habileté, qu'ils ne laissent que neuf morts sur le champ de bataille.

Poul supposait l'insurrection vaincue. Il fit sonner bien haut sa mesquine victoire où le hasard avait tout fait.

Alors, chose hideuse et que l'on ne voit pratiquer que par les sauvages et les barbares, les têtes des neuf calvinistes restés sur le champ de bataille furent coupées et exposées successivement à Anduze, à Saint-Hippolyte et à Montpellier.

Au moment où Laporte allait disparaître, où les catholiques croyaient l'hérésie ter-

rassée, un jeune homme, un héros, un grand
capitaine quittait Genève ; il allait donner
à l'insurrection une telle impulsion, qu'il
fallut pour la combattre envoyer contre
elle les plus grands et les plus illustres
maréchaux de France.

# CHAPITRE VI

## Les premières armes de Jean Cavalier.

Jean Cavalier naquit en 1680, à Ribaute, petit village des environs d'Alais, où son père exploitait une petite métairie. Il était l'aîné de trois frères dont l'un, encore enfant, se distingua dans la guerre des Cévennes.

Après avoir reçu une assez bonne instruction primaire, il dut se résigner à être simple berger, à Vezénobre, chez un nommé Lacombe. Durant cette vie contemplative, son âme s'exalta ; lecteur assidu de la Bible, il s'abreuva largement à ses préceptes religieux et se prépara ainsi à la grande mission qu'il était appelé à remplir.

Mais cette vie isolée, presque inactive, allait mal à son tempérament fait pour le mouvement et le bruit. Il quitta Vezénobre et se rendit à Anduze où il apprit le métier de boulanger.

Là son amour pour les armes se développa à la vue des gens de guerre qu'il regardait tous les jours faire l'exercice. Bientôt il se lia avec quelques soldats, en sorte qu'un prévôt lui donna des leçons d'escrime et un dragon lui apprit à monter à cheval.

En 1701, il dut quitter la France et se réfugia à Genève, à la suite de certains démêlés qu'il avait eus avec le curé de la paroisse.

Alexandre Dumas prête à cet exil une cause plus romanesque. Nous la donnons ici, parce qu'elle forme une anecdote assez curieuse·

Un dimanche qu'il se promenait ayant sa fiancée au bras, la jeune fille fut insultée par un dragon du régiment de Florac, Jean Cavalier donna un soufflet au dragon : le dragon tira son sabre ; Cavalier s'empara de l'épée d'un assistant mais on se jeta entre les deux jeunes gens avant qu'ils en vinssent aux mains. Au bruit de cette querelle, un officier accourut ; c'était le marquis de Florac, capitaine du régiment qui portait son nom ; mais les bourgeois d'Anduze avaient déjà trouvé le moyen de faire filer le jeune homme ; de sorte que le marquis en arrivant, au lieu de l'orgueilleux paysan qui avait osé frapper un soldat du roi, ne trouva plus que sa jeune fiancée évanouie.

La jeune fille était si belle, qu'on ne l'appelait que la belle Isabeau ; si bien que le marquis de Florac, au lieu de poursuivre Jean Cavalier, s'occupa de faire revenir à elle sa promise.

Cependant, comme l'affaire était grave et que le régiment tout entier avait juré sa mort, les amis de Jean Cavalier lui conseillèrent de quitter le pays et de s'expatrier pour quelque temps. La belle Isabeau, qui tremblait pour son fiancé, joignit ses prières à celles de ses amis, de sorte que Jean Cavalier consentit à s'éloigner. La jeune fille promit à son fiancé fidélité à toute épreuve, et Jean Cavalier, comptant sur cette promesse, partit pour Genève.

A son retour dans les Cévennes, il se rendit vers une heure du matin au logis de sa fiancée. Il allait frapper à sa porte, lorsqu'il vit la porte s'ouvrir d'elle-même, et un beau jeune homme en sortir accompagné jusque sur le seuil par une femme. Le beau jeune homme était le marquis de Florac ; la femme qui le reconduisait était Isabeau. La fiancée du paysan était devenue la maîtresse du noble.

Notre héros n'était pas homme à souffrir impunément un pareil outrage. Il marcha droit au capitaine et lui barra le passage. Celui-ci voulut le repousser du coude, mais Jean Cavalier, laissant tomber le manteau qui l'enveloppait, mit l'épée à la main. Le marquis était brave, il ne s'inquiéta point si celui qui l'attaquait était son égal : l'épée appelait l'épée, les fers se croisèrent, et au bout d'un instant le marquis tomba, frappé d'un coup d'épée qui lui traversait la poirine.

Cavalier crut avoir tué le marquis, car il était étendu à ses pieds sans mouvement. Il n'y avait donc pas de temps à perdre, car il n'y avait pas de clémence à espérer. Il remit son épée sanglante dans son fourreau, gagna la plaine, de la plaine se jeta dans la montagne, et au point du jour il était en sûreté.

C'est cette version qu'a adopté Eugène Suë dans son roman de *Jean Cavalier*.

La première expédition de Jean Cavalier fut contre le village de Caissargues, dont le curé, ardent persécuteur, fut tué, et l'église incendiée. Une grande assemblée fut ensuite tenue à Aigues-Vives, et le jeune chef cévenol y produisit par ses prédications un effet immense. On le compara aux Machabées; à Jean Ziska, général des Hussites en Bohême; à François-Léopold, prince Ragotzi, alors chef des mécontents en Hongrie.

En présence de ce mouvement, l'intendant Basville obtient du conseil du roi un arrêt qui lui attribue la connaissance de tous les crimes relatifs au soulèvement, avec faculté de mettre tels juges qu'il trouvera à propos, pour faire le procès aux prévenus et les juger en dernier ressort.

A l'aide, de ce pouvoir exorbitant les condamnations allèrent vite.

On avait arrêté au hasard seize personnes à Aigues-Vives, à la sortie de l'assemblée qui s'y était tenue : quatre furent pendues aux branches d'un amandier, à la porte de l'église ; douze furent condamnées aux galères et fouettées par la main du bourreau; plusieurs maisons furent rasées. Basville fit supplicier un prédicant, nommé La Quoite. Le bourreau qui brisa ses os ne put briser son cœur, et le martyr expira en proclamant sa foi.

Les innocents, se voyant confondus avec les coupables, se décidèrent à suivre Cavalier, dont la troupe fut encore doublée par sa jonction avec celle de Roland.

Alors ces deux chefs se lancent dans diverses expéditions. Ils emportent en plein jour les bourgades de Brassaigues et de Serignan, et mettent le feu à leurs églises. Ils taillent en pièces les troupes lancées a leur poursuite ; la garnison du château de Mandajors est dispersée, et son chef tué en cherchant à ramener ses hommes au combat.

Désormais les camisards opérèrent en plein jour, tambour battant, enseignes déployées, en colonnes nombreuses, convoquant les assemblées, pratiquant ostensiblement les cérémonies de leur église et prélevant les dîmes que les fermiers des bénéfices payaient au clergé.

Ces exploits font proclamer partout Jean Cavalier prophète et libérateur des Cévennes. Le clergé catholique est frappé de terreur ; Fléchier, évêque de Nîmes, écrit des lettres éloquentes pour relever son courage. On prend des précautions infinies ; des sentinelles sont placées, pendant les offices, aux portes des églises. Le duc de Broglie fouille le pays en tous sens, à la poursuite d'un ennemi qui est partout et nulle part. M. de Basville appelle des troupes de tous les côtés, tandis que les États du Languedoc, assemblés à Montpellier, ordonnent la levée de trente-deux compagnies de fusiliers et d'un régiment de dragons.

A ces préparatifs menaçants, les camisards répondent en redoublant de vigueur et de vigilance. Il s'organisent plus puissamment et la troupe de Jean Cavalier et de Roland se renforce du concours de quatre nouveaux chefs, pleins de courage et de talent. Ce sont : Espérandieu, qui vient de Foissac; Rastalet, de Rochegude; Ravanel, de Volaygue, et Morel, dit *Catinat*, du Chayla. Ces deux derniers devaient acquérir une grande célébrité et être les derniers soutiens de l'insurrection.

Il s'agit de donner de l'unité ou du moins de l'autorité au commandement, car jusqu'ici Cavalier l'a exercé, sans que ses pouvoirs fussent confirmés.

Espérandieu propose un vote. On va aux voix. Rastalet obtient quelques suffrages, mais Cavalier emporte la majorité et il finit par accepter le commandement à la condition qu'il aura sur sa troupe *droit de vie et de mort, sans même assembler un conseil de guerre.*

Il veut répondre immédiatement à la confiance dont il a été l'objet, et plusieurs faits d'armes successifs des plus brillants prouvent l'excellence du choix qu'ont fait ses coreligionnaires.

Ayant appris que deux chefs de troupes catholiques, le capitaine Montarnaud et M. de Bimard, chef d'une compagnie bourgeoise, viennent le chercher dans les bois de Vaquières, il les enveloppe, les taille en pièces et les laisse pour morts sur le champ de bataille, ainsi que la plupart de leurs soldats.

Cette affaire procura à Cavalier des

armes, des munitions et cent pistoles qui lui servirent à acheter des souliers pour ses hommes.

Le capitaine Bonafoux espère surprendre les camisards dans une de leurs assemblées religieuses. Les catholiques sont mis en pleine déroute et leur chef ne doit la vie qu'à la rapidité de sa fuite.

Dans ces heureuses expéditions les camisards ont ramassé un certain nombre d'uniformes de l'armée régulière. Jean Cavalier, dans deux affaires mémorables, sut utiliser ces précieux trophées.

Le château de Servas qui se trouvait entre Alais et Uzès le gênait dans ses courses. A tout prix il fallait s'emparer de cette forteresse.

Il habille trente camisards avec les uniformes des troupes d'ordonnance, fait attacher six des siens qu'il traîne prisonniers, et lui-même marche en tête de cette petite troupe, sous le costume d'un officier du roi.

Arrivé au village prochain du château, il dit au consul:

— Je suis le neveu de M. le comte de Broglie; je viens de rencontrer et de battre les mécontents sur lesquels j'ai fait ces six prisonniers que vous voyez ici attachés; mais comme il est trop tard pour continuer ma route, et que les mécontents irrités et peut-être rassemblés en grand nombre,

pourraient former le projet de les enlever
dans un village aussi ouvert que celui-ci,
j'ai résolu de demander au commandant du
château de Servas la permission de les
faire coucher dans ses prisons. Aussi je
vous ordonne d'aller près de lui et de lui
exposer mon dessein, tandis que je m'a-
vancerai moi-même avec mes prisonniers.

Le consul obéit; Cavalier voit s'ouvrir
devant lui les portes du château de Servas,
et il est cordialement reçu par le commandant. On se met à table, à un signal donné,
la garnison et son chef sont massacrés;
armes, munitions, provisions de bouches,
sont lestement enlevées, et les camisards se
retirent après avoir brûlé le château.

Jean Cavalier veut donner une marque
éclatante du caractère de son insurrection,
qui a pour but la liberté de conscience et
l'exercice du culte protestant. Il profite des
fêtes de Noël pour convoquer une grande
assemblée religieuse.

« Comme les principaux motifs qui nous
avaient fait prendre les armes, écrivait plus
tard Cavalier, étaient non seulement d'é-
viter d'aller à la messe et de nous mettre
à couvert de la persécution, mais aussi
d'obtenir la liberté de servir Dieu comme
il nous commande, nous avions grand soin
et nous faisions notre affaire capitale de
nous appliquer, dans nos déserts et dans

nos bois, a des actes religieux. Là, éloignés
du bruit et du monde, le cœur élevé à Dieu,
nous écoutions sa parole, nous chantions ses
louanges et adressions de ferventes prières
à notre Créateur. C'est dans ces actes religieux que nous étions revêtus d'un courage qui nous élevait au-dessus des dangers
et de la mort même, et qui nous faisait
remporter sur nos ennemis des victoires
surprenantes. Ni les querelles, ni les ini-
mitiés, ni les enlevades, ni les larcins
n'étaient pratiqués parmi nous. Nous n'é-
tions qu'un cœur et qu'une âme. Tout ju-
rement, toute imprécation, toutes paroles obscènes, étaient absolument bannis
de notre société, et les inspecteurs que
nous avions établis parmi nous, afin que
tout y fût avec ordre et décence, prenaient
un soin particulier de nos pauvres et de
nos malades et leur fournissaient toutes
les choses nécessaires. Heureux temps,
s'il avait toujours duré ! »

Le Mas de Calvi, dans la terre de Saint-
Christol, près d'Alais, avait été désigné
comme lieu de l'assemblée. Les protestants,
depuis longtemps privés de la parole de
Dieu, y accourent en foule. Jean Cavalier
y arrive le dimanche matin, 24 septem-
bre 1702, à la tête de quatre-vingts hommes.

Ce concours de peuple éveille l'attention
du chevalier de Guines, qui commande

dans Alais. Le chevalier prend cinquante gentilshommes, six cents hommes de troupes bourgeoises, toute la garnison, et se met en route pour dissiper l'assemblée. Cavalier, prévenu de la marche des ennemis, commande à l'assemblée de se dissoudre et reste sur le lieu avec Espérandieu et ses camisards. L'un et l'autre prennent des dispositions habiles et profitent des mouvements de terrain pour dissimuler le petit nombre de leurs troupes.

Les cinquante cavaliers de noblesse s'avancent les premiers, désireux d'accaparer pour eux la victoire. Ils font une décharge sur les camisards sans blesser personne. Ceux-ci les accueillent par une fusillade qui les décime.

Cette rude réception jette le désordre dans leurs rangs. Ils tournent bride et vont se heurter contre leur propre infanterie qu'ils renversent. Cavalier s'élance de ses retranchements, fond sur le gros de l'armée ennemie déjà à moitié culbutée, y promène le ravage et la mort. La panique se met dans les rangs des catholiques, et ce n'est que par une prompte fuite que quelques débris des ennemis parviennent à se réfugier dans Alais et à échapper à un massacre complet.

L'effroi règne dans la ville, qui s'attend à être envahie, pillée et mise à sac.

Mais le jeune chef cévenol avait d'autres vues. Il remercia Dieu du nouveau succès qui venait d'illustrer les armes de ses enfants, félicita ses soldats et leur dit qu'après un pareil exploit, il n'était rien qu'il ne pût attendre de leur vaillance.

Il avait à châtier les habitants de la ville de Sauve, qui s'étaient de tout temps montrés animés d'un esprit de haine et de persécution contre les protestants.

Trois jours après la défaite des nobles catholiques d'Alais, il combina ses efforts avec ceux de Roland, et mit en pratique, pour s'emparer de Sauve, un stratagème semblable à celui qui avait fait tomber entre ses mains le château de Servas.

Cinquante camisards, habillés en soldats de l'armée régulière, vont, sous la conduite de deux bons officiers, se présenter aux portes de Sauve et demandent à se rafraîchir. Ils sont reçus à bras ouverts, car on les prend pour un détachement des troupes du comte de Broglie qui vient loger en ville par ordre de son chef supérieur. M. de Pibrac, un des seigneurs de Sauve, reçoit les soldats et fait fête à leurs officiers. On boit aux troupes du roi et l'on déblatère à qui mieux mieux contre les camisards.

Pendant ce temps, Cavalier et Roland se sont avancés à la tête de deux cent cinquante hommes et leur présence aux abords de la ville est tout à coup annoncée au milieu du festin. Les camisards déguisés s'élancent de table et jurent qu'ils vont exterminer l'armée des rebelles. Mais déjà quelques-uns d'entre eux sont allés ouvrir les portes à leurs amis, et la ville, ainsi surprise, tombe au pouvoir des révoltés.

Pendant cinq heures, les camisards pillent Sauve, emportant tout ce que la ville peut leur fournir en fait de munitions, d'armes et de vivres.

Tous les habitants sont épargnés, à l'exception de trois prêtres que leur zèle oppressif avait depuis longtemps signalés aux vengeances des huguenots.

Cavalier se retire après cette triple exécution et après avoir incendié l'église de Sauve.

Ces victoires successives jettent la terreur parmi les catholiques de toute la province. L'effroi gagne Versailles qui se voit en présence non d'une simple révolte, mais d'une véritable guerre.

L'effort du gouvernement va donc être proportionné à la lutte qui se présente. Louis XIV envoie contre ce qu'il prenait pour une poignée de rebelles des généraux expérimentés et des troupes aguerries. Des forces considérables sont mises en mouvement. Boulets, canons, fusils, formant un formidable convoi, sont dirigés vers les Cévennes.

Nous allons assister à ce spectacle inouï, qui stupéfia l'Europe et qui étonne encore l'Histoire, où l'on voit des bandes de paysans ignorants et grossiers, mais conduits par des chefs que la foi inspire et que le génie illumine, lutter le plus souvent avec avantage contre les soldats les mieux disciplinés du monde et commandés par des maréchaux de France, habiles stratégistes et depuis longtemps favoris de la victoire.

# CHAPITRE VII

## La guerre des Cévennes.

Pour venir à bout de la révolte, Louis XIV envoya dans les Cévennes trois généraux de mérite, MM. de Julien, de Parate et de La Lande, sous les ordres du maréchal de Montrevel.

Le maréchal était à la tête de forces considérables et il était résolu à employer les moyens les plus terribles contre les insurgés.

Il disposait de trente régiments de différentes armes, de trente-deux compagnies de fusiliers de la province, des troupes bourgeoises, des bandes de cadets de la Croix et d'autres bandes auxiliaires.

A ces forces redoutables, Jean Cavalier n'eut jamais à opposer plus de 2,000 hommes d'infanterie et 200 cavaliers

Mais, usant d'une tactique habile, favorisé par un pays montagneux dont il connaissait tous les sentiers, présent partout où il y avait un coup à frapper, disparaissant subitement et devenant insaisissable, il tint tête, et le plus souvent victorieusement, à ses ennemis, et il aurait pu arriver peut-être au triomphe définitif, si la trahison ne l'avait pas forcé non à capituler mais à accepter un traité honorable.

Nous ne raconterons pas tous les combats, toutes les escarmouches, toutes les surprises, tous les coups de main, tous les mille faits d'armes qui signalèrent la guerre des Cévennes.

Il est quatre ou cinq grandes batailles que nous devons décrire, car elles montrent le courage invincible des camisards et le génie militaire de leur jeune chef.

La troupe de Jean Cavalier salua la bienvenue du maréchal de Montrevel en taillant en pièces un détachement catholique commandé par le comte de Broglie.

Les troupes des révoltés étaient campées près d'Aubord, dans le territoire de Nîmes, sur une hauteur dominant le Val de Baur, près du Mas de Gafarel. Les chefs des camisards avaient pris les dispositions les plus heureuses. De Broglie fut complètement battu, le capitaine Poul fut tué, les uns disent par Jean Cavalier, d'autres, par un enfant nommé Samuelet qui le frappa au front d'une pierre, comme David avait fait pour Goliath.

Le lendemain de cette brillante affaire, ils attaquèrent, prirent et brûlèrent le village de Pouls, se portèrent de là vers Moussac et taillèrent en pièces la garnison de ce bourg, commandée par le chevalier de Saint-Chatte.

MM. de Julien, de Broglie, de Tournon, se mettent à la tête de trois détachements pour cerner les révoltés. Ils les cherchent en vain dans les bois, dans les plaines, sur les hauteurs, dans les cavernes, dans les vallées. Les *enfants de Dieu* leur glissent entre les doigts, tombent sur M. de Marsilly, lui tuent quatre-vingts hommes et s'emparent d'un important convoi qu'il escortait.

Roland attire M. de Saint-Félix, gouverneur du château de ce nom, dans une embuscade, détruit sa troupe et brûle son château, après avoir passé la garnison au fil de l'épée.

Roland fait couper douze têtes des soldats catholiques et les expose sur le pont d'Anduze, en représailles du traitement infligé à Laporte.

De leur côté, d'autres chefs camisards, Castanet, Joany, Lafleur, Catinat, Moulines, font subir des pertes sérieuses aux papistes.

En deux mois, de nombreux catholiques sont égorgés, quarante églises sont brûlées et les châteaux de Saint-Félix, de Mandajors, de Roquevaise, de Cabrières, de Valescure, de Moissac, de Montlezan, de Sainte-Croix, de Piéforan, des Plantiers, sont démolis ou livrés aux flammes.

Jean Cavalier forma alors le dessein d'envahir le Vivarais, pour favoriser le soulèvement préparé dans cette province par le prophète Esparon, dit *Dortial*, dit saint Jean. Il mit à feu et à sang les campagnes qu'il traversa et où il trouva de la résistance.

M. de Julien, prévenu de ce mouvement, envoie contre le chef cévenol le comte du Roure, avec les gentilshommes et la milice du voisinage, M. de Jovin, colonel de fusiliers, et le baron de la Gorce, récemment converti.

Le choc eut lieu à Vagnas. Cavalier défait complètement ses ennemis et les poursuit une lieue durant, l'épée dans les reins, en leur faisant subir des pertes considérables. Malheureusement, il perdit dans cette affaire Espérandieu, un de ses meilleurs lieutenants.

Le jeune chef camisard disparaît un moment de la scène, atteint par une grave maladie. Son lieutenant Ravanel le remplace vigoureusement, mais dans deux affaires, malgré son habileté, son courage, l'héroïsme de ses soldats, celui-ci est obligé de céder le champ de bataille, après avoir néanmoins fait subir à l'ennemi des pertes sérieuses.

Cavalier reparaît et sa présence ramène la victoire. Il extermine un détachement du régiment de la Fare, dont le commandant Chenevert tombe mort sur le lieu du combat.

Ces revers successifs de ses lieutenants, cette longue résistance jetaient le maréchal de Montrevel dans des fureurs insensées; sa rage se déversait sur les faibles et le plus souvent sur les innocents.

Voici un fait monstrueux :

Le dimanche des Rameaux 1703, le maréchal étant à dîner apprend qu'une cinquantaine de religionnaires, femmes, vieillards, enfants, infirmes, sont réunis dans un moulin du faubourg des Carmes, à Nîmes, pour chanter des psaumes. Il bondit de table, fait sonner le boute-selle et s'élance avec ses dragons à l'attaque du moulin, qui nécessairement n'opposa aucune résistance. Tout fut massacré, et comme l'égorgement durait trop longtemps et que le maréchal ne voulait pas laisser refroidir son dîner, il fait incendier le lieu de réunion, rejetant dans les flammes les malheureux qui essayaient d'en sortir.

Il ne se retira que lorsque tout fut réduit en cendres.

Le même soir, comme il était à souper, on le prévient encore qu'une nouvelle réunion a lieu dans un jardin près du moulin fumant encore.

Il s'élance de nouveau à la tête de ses fidèles dragons, fait tout massacrer sous ses yeux, et lorsque l'égorgement est terminé, il apprend que les malheureux qui gisent à ses pieds sont des catholiques qui étaient venus glorifier Dieu du massacre des protestants.

Il n'encourut pour cette sanglante erreur qu'une douce réprimande de la part de l'évêque Fléchier.

Cavalier essayait de rendre aux dragons le mal qu'ils faisaient à ses coreligionnaires. Dans la nuit du 2 au 3 octobre, il parut devant Sommières qu'il attaqua à la fois par les faubourgs du Pont et du Bourget, auxquels il mit le feu. Il ramena vivement une sortie tentée par les habitants. Le gouverneur du château tira le canon, moins pour protéger la retraite des catholiques que pour demander du secours. Cavalier le comprit et se retira, après avoir incendié les hôtels du Cheval-Blanc, de la Croix-D'or, du Grand-Louis, du Luxembourg, ainsi qu'un grand nombre de maisons et le presbytère de Saint-Amand.

Poursuivant sa marche victorieuse, Cavalier alla en ravitaillement au Cayla et à Vauvert dont il força et abattit les fortifications. De là, il descendit vers Lussan, après avoir jeté un défi à M. de Vergetot, gouverneur d'Uzès.

Sommés de se rendre, les habitants de Lussan, comptant sur la protection de leurs remparts et sur les secours qu'ils attendaient de M. de Vergetot, répondirent par des coups de fusil aux envoyés de Cavalier.

L'attaque fut résolue pour le lendemain matin, et les camisards passèrent la nuit près d'un vieux château nommé Fon, à une portée de carabine de Lussan.

Dès l'aube, les assiégés annoncèrent à leurs ennemis, par des cris de joie, l'approche des secours qu'ils avaient demandés.

Après avoir, selon l'usage, récité les prières au milieu de son armée, Cavalier ordonna à Catinat, commandant de la cavalerie, d'aller prendre les troupes royales à revers, en passant un pont qui n'était pas gardé; il s'avança lui-même avec Ravanel, son lieutenant, au-devant de M. de Vergetot. On se fusilla de part et d'autre et lorsque le chef des camisards jugea que Catinat avait opéré son mouvement, il lança ses hommes au pas de charge. Pris entre deux feux, les soldats de Vergetot, qui avaient vu tomber à leurs côtés deux de leurs capitaines, commencèrent à fléchir et se débandèrent.

Catinat les poursuivit avec sa cavalerie qui fit un massacre épouvantable. Les camisards serraient leurs ennemis de si près, qu'ils les saisissaient aux cheveux et les poignardaient à coups de sabre. M. de Vergetot, suivi d'un faible débris de ses troupes, allait être pris, lorsqu'il trouva un abri inexpugnable derrière les rochers d'une hauteur nommée Gamène.

Satisfait de cette victoire, Cavalier fit sonner la retraite pour donner du repos et de la nourriture à ses hommes qui n'avaient pas mangé depuis dix-huit heures.

Cette défaite humilia profondément les troupes royales qui jurèrent de prendre une prompte et éclatante revanche. Ils apprennent que les camisards se reposent de leurs fatigues du côté de Nages. Ils approchent avec prudence et les enveloppent complètement.

Cavalier, en allant reconnaître l'ennemi, tombe dans une embuscade composée d'un cornette et de deux dragons.

—Vous êtes Cavalier, lui crie le cornette, je vous reconnais ; rendez-vous, vous aurez bon quartier.

Le chef camisard lui répond en lui cassant la tête d'un coup de carabine; puis, saisissant ses pistolets, il étend morts à ses pieds les deux dragons.

Le matin, il dit à ses hommes qu'il faut passer sur le corps des ennemis. Les camisards sortent de leur retraite, fondent sur les troupes royales et les taillent en pièces.

Une trentaine de femmes, enthousiasmées par les exploits des camisards, combattirent ce jour-là à leurs côtés. On vit une jeune fille de dix-sept ans, appelée Lucrèce la Vivaraise, les encourager de la voix, poursuivre les dragons aux cris de : *Vive l'épée de l'Éternel ! Vive l'épée de Gédéon !*

Dix jours après, Cavalier était venu, à la tête seulement de quatre-vingts hommes, se ravitailler à Vergèse et faire un sermon aux protestants de cette localité.

Tout était prêt pour son départ, lorsqu'il apprend que M. de Fimarcon s'avance contre lui à la tête d'une partie de son régiment et d'un bataillon d'infanterie.

Le chef camisard prévient son ennemi, se jette à travers ses rangs, fait une trouée et va se réfugier dans un bois d'oliviers où l'on n'ose pas le suivre, de crainte d'y rencontrer le gros de la troupe de Cavalier.

Peu de jours après, les camisards campaient à Roques-d'Aubais, le long de la rivière de Vidourle. M. de la Borde qui

commandait à Luval quatre compagnies de
Fimarcon, marche sur eux et divise ses
dragons en deux pelotons, afin d'envelopper
Cavalier. Celui-ci range sa troupe dans le
même ordre, en plaçant au centre soixante
hommes armés de frondes.

Les dragons s'élancent sur leurs ennemis,
mais ils sont arrêtés par les frondeurs qui
les criblent de leurs pierres, jettent le désordre dans leurs rangs et rendent les chevaux fous de douleur. Alors l'infanterie
et la cavalerie de Cavalier s'élancent à leur
tour, mettent en fuite les dragons et les
poursuivent jusqu'aux portes du château
d'Aubais où ils ont cherché un refuge.

L'héroïne de Nages, Lucrèce Guignon,
dite la Vivaraise, se distingua encore dans
cette rencontre, au premier rang des
combattants.

Trois jours après, les camisards battirent
encore six cents hommes de troupes royales
qui avaient arrêté des femmes chargées de
provisions pour les troupes de Jean Cavalier.

Nous avons montré le chef des révoltés
grand capitaine, nous allons le voir implacable justicier.

Voici à quelle occasion :

Vers la fin de novembre 1703, la fille du
baron de Meyrurgues, qui s'était mariée
depuis peu avec un gentilhomme nommé

M. de Miramon, était partie d'Uzès pour aller rejoindre son mari à Saint-Ambroix. Elle voyageait dans sa chaise, accompagnée de sa femme de chambre, d'une nourrice, d'un valet de chambre et d'un cocher. Les deux tiers du voyage s'étaient accomplis sans encombre, lorsque, près de Lussan, elle fut arrêtée par quatre camisards qui la firent descendre et la conduisirent vers un bois voisin.

« Ces misérables, raconta plus tard la femme de chambre, nous ayant obligés de marcher dans le bois pour nous écarter du grand chemin, ma pauvre maîtresse se trouva si lasse et si fatiguée qu'elle pria le bourreau qui la conduisait de permettre qu'elle s'appuyât sur son épaule.

« — Nous n'irons guère plus loin, répondit-il.

« En effet, on nous fit asseoir sur un lieu où il y avait du gazon et qui devait être celui de notre martyre. Là, ma chère maîtresse dit à ces barbares les choses les plus touchantes, et d'une manière si douce qu'elle aurait fléchi un démon; elle leur donna sa bourse, sa ceinture d'or et un beau diamant qu'elle sortit de son doigt. Mais rien n'adoucit ces tigres.

« Un d'eux lui dit: — Je veux tuer tous les catholiques, et vous tout à l'heure.

« — Et que vous reviendra-t-il de ma

mort ? lui répondit-elle. Accordez-moi la vie.

« — Non, c'en est fait, répondit ce brutal, vous mourrez de ma main. Faites vos prières.

« Alors ma pauvre maîtresse se mettant à genoux pria Dieu tout haut de lui faire miséricorde et à ses meurtriers ; et comme elle continuait sa dévotion, elle reçut un coup de pistolet à la mamelle gauche qui la jeta par terre, ainsi qu'un coup de sabre à travers le visage et un coup de pierre sur la tête. Un autre scélérat tua la nourrice d'un coup de pistolet, et soit qu'ils n'eussent plus d'armes chargées ou qu'ils voulussent épargner leurs munitions, ils percèrent le valet de chambre de plusieurs coups de baïonnette ; le cocher s'échappa de leurs mains en se sauvant dans le bois ; pour moi, ils se contentèrent de me frapper de plusieurs coups de baïonnette. Je contrefis la morte, ils crurent que je l'étais en effet et ils se sauvèrent. Quelque temps après je me traînai auprès de ma chère maîtresse ; je l'appelai, elle me répondit et me dit d'une voix basse :

« — Ne me quittez point, Suzon, jusqu'à ce que j'aie expiré. Je meurs pour ma religion et j'espère que le bon Dieu aura pitié de moi. Dites à mon époux que je lui recommande ma petite.

« Après cela, elle ne s'occupa que de Dieu par des oraisons courtes et tendres, jusqu'à son dernier soupir, qu'elle rendit à mes côtés à l'entrée de la nuit. »

Jean Cavalier fit saisir les coupables, assembla un conseil de guerre qui prononça contre eux la peine de mort.

Trois furent passés par les armes, le quatrième parvint à s'échapper. Il paraît, du reste, qu'il n'avait fait qu'assister au crime de ses complices, sans y participer activement.

# CHAPITRE VIII

## Ruine, incendie et massacre.

Les enlèvements, les emprisonnements, les supplices, les combats, un déploiement inouï de forces, tout était inutile pour vaincre les camisards et abattre l'hérésie.

Montrevel eut recours à un moyen aussi atroce que barbare.

Il publia l'ordonnance suivante :

« Nous, gouverneur pour Sa Majesté Très Chrétienne dans les provinces du Languedoc et du Vivarais, faisons savoir qu'ayant plu au roi de nous commander de mettre les lieux et les paroissiens ci-après nommés hors d'état de fournir ni vivres ni secours aux rebelles attroupés et de n'y laisser au-

donnant des ordres de ce qu'ils auraient à faire, enjoignons aux habitants desdites paroisses de se rendre incessamment dans les lieux ci-après marqués, avec leurs meubles, bestiaux et généralement tout ce qu'ils pourront emporter de leurs effets, déclarant que faute de cela leurs effets seront confisqués et pris par les troupes qui seront employées à démolir leurs maisons, défendant à toutes les autres communes de les recevoir, sous peine, en cas de désobéissance, du rasement de leurs maisons et de la perte de leurs biens, et, au surplus, d'être traitées comme rebelles aux ordres de Sa Majesté. »

A cette ordonnance étaient jointes les instructions suivantes :

« 1° Les officiers qui seront employés à la destruction des villages s'informeront d'abord de la situation des paroisses qui devront être détruites et dépeuplées, enfin de disperser à propos les troupes, en sorte qu'elles puissent protéger les milices qui seront employées à cette destruction ;

« 2° On devra observer que, s'il se trouvait des villages ou des hameaux assez voisins pour être également protégés, il faudra y faire travailler à la fois, pour avancer l'ouvrage ;

« 3° Que s'il se trouve encore dans ces

lieux quelques habitants, on les rassemblera pour en faire prendre un état, ainsi que des bestiaux et des grains ;

« 4° On chargera le plus apparent de conduire les autres, par les endroits qui leur seront marqués, aux lieux qu'on leur assignera ;

« 5° A l'égard des bestiaux, les mêmes gens qui seront chargés de les garder les conduiront au lieu qu'on leur indiquera, à l'exception des mulets et des ânes qu'on rassemblera pour s'en servir au transport des grains, là où il sera ordonné ; néanmoins on permettra de donner des ânes, s'il y en a, aux vieillards et aux femmes grosses hors d'état de marcher ;

« 6° On distribuera les milices par ordre pour en employer un certain nombre à détruire les maisons ; on essayera d'abattre celles-ci en les sapant par le pied, ou de telle autre manière qui paraîtra la plus commode ; et si par ce moyen on n'en peut venir à bout, on y mettra le feu ;

« 7° On ne devra pour le présent faire aucun tort aux maisons des anciens catholiques, jusqu'à ce que le roi en ait autrement ordonné ; et pour cet effet, on y mettra une garde, après en avoir pris un état qui sera envoyé au maréchal de Montrevel ;

« 8° On lira aux habitants des lieux qu'on

détruira l'ordonnance qui leur défend de retourner dans leurs habitations; mais on ne leur fera pas de mal, le roi n'ayant pas voulu entendre parler d'effusion de sang; on se contentera de les renvoyer en les menaçant, et l'on affichera ladite ordonnance à une muraille, ou à un arbre dudit village;

« 9° S'il ne se trouvait aucun habitant, on affichera seulement ladite ordonnance dans chaque lieu.

« Signé : Maréchal DE MONTREVEL. »

Au-dessous de ces instructions était affichée la nomenclature des villages qui devaient être détruits. Elle était ainsi conçue : 18 dans la paroisse de Frugères, 5 dans celle de Fressinet de Lozère, 4 dans celle de Grizac, 15 dans celle de Castagnolles, 11 dans celle de Vialas, 6 dans celle de Saint-Julien, 8 dans celle de Saint-Maurice de Vantalon, 14 dans celle de Frezal de Vantalon, 7 dans celle de Saint-Hilaire de Laret, 6 dans celle de Saint-Andiol de Clergues, 28 dans celle de Saint-Privat de Vallongues, 10 dans celle de Saint-André de Lancise, 19 dans celle de Saint-Germain de Calberte, 26 dans celle de Saint-Etienne de Valfrancesque, 9 dans celles de Prunet et Montvaillant, 16 dans celle de Florac : 202.

Une seconde liste devait succéder en effet à cette première; elle comprenait les paroisses de Frugères, du Pompidou, de Saint-Martin, de Lansuscle, de Saint-Laurent, de Trèves, de Vebron, de Rounes, de Barre, de Moutlezan, du Bousquet, de la Barthe, de Balme, de Saint-Julien d'Aspaon, de Cassagnos, de Sainte-Croix, de Valfrancesque, de Cabriac, de Moissac, de Saint-Roman, de Saint-Martin de Bobaux, de la Melouse, du Collet de Dèze, de Saint-Michel de Dèze; et les villages de Salièges, de Rampon, de Ruas, de Chavrières, de Tourgiueuble, de Ginestous, de Fressinet, de Fourques, de Malbos, de Jousanel, de Campis, de Campredon, de Lons-Aubrez, de la Croix-de-Fer, du Cap-de-Coste, de Marquayrès, du Cazairal et du Pouyal.

Ce qui comprenait en tout quatre cent soixante-six bourgs, hameaux ou villages, habités par dix-neuf mille cinq cents personnes.

Alors on vit une chose monstrueuse: les troupes ne pouvant vaincre les réformés, enlevèrent des populations entières, les parquèrent avec défense de franchir les limites imposées, sous peine de mort; ils se mirent à démolir les villages, les hameaux, tout ce qui pouvait servir d'habitation ou de retraite.

Les bestiaux furent emmenés.

On fit le vide, le désert dans un **rayon** immense.

Mais cet acte barbare de démolition marchait lentement, et les troupes chargées d'accomplir ce désastre devinrent elles-mêmes victimes de cette infâme mesure.

En effet, ayant fait la ruine et la solitude autour d'elles, elles n'eurent bientôt plus de vivres et furent exposées à une affreuse famine.

Alors, le fer allant trop lentement, on **eut** recours au feu.

L'incendie fut promené dans toutes les contrées et la flamme se propagea avec une rapidité effrayante, dévorant tout sur son passage, même les paysans qui n'avaient pas eu le temps de fuir, les vieillards, les infirmes qui n'avaient pas pu abandonner leur demeure.

« Aussitôt, dit le P. Louvreloeil, cette expédition fut comme une tempête qui ne laisse rien à ravager dans un champ fertile, les maisons ramassées, les granges, les baraques, les métairies écartées, les cabanes, les chaumières, tous les bâtiments enfin tombèrent sous l'étreinte du feu, tout de même que tombent sous le tranchant de la charrue qui les coupe, les fleurs champêtres, les mauvaises herbes **et les** racines sauvages. »

Quand les malheureux habitants des localités condamnées apprirent qu'ils devaient se rendre dans un endroit désigné, ils crurent qu'on les réunissait pour les égorger plus facilement et en faire une large hécatombe.

Un grand nombre s'enfuit dans les bois. Plus de quinze cents allèrent grossir la troupe de Jean Cavalier.

Ce décret d'extermination allait donc contre son but.

Mais ce qu'il y eut d'horrible, ce furent les cruautés commises dans ces exécutions.

Tout fugitif arrêté était fusillé ou pendu sur-le-champ, femme, enfant ou vieillard.

Tous ceux qui franchissaient les limites assignées subissaient le même sort.

Un grand nombre d'habitants des villages que brûlait M. de Julien, avaient été parqués à Aussillargues, paroisse de Saint-André. La faim les força de franchir les barrières qui leur avaient été assignées, afin de se procurer quelques aliments. Le brigadier de Planque, zélé catholique, résolut de punir un tel crime d'une façon exemplaire. Il fit aussitôt partir un détachement pour arrêter les délinquants ; la chose était facile, ils étaient déjà tous rentrés dans leurs barrières. On les arracha tous de leur lit et on les conduisit dans l'église Saint-André, où on les enferma.

Puis, sans jugement, on les tira cinq par cinq, et on les massacra, les uns à coups de fusil, les autres à coups de sabre et à coups de hache. Tout fut égorgé, hommes, femmes, enfants, vieillards. Un pauvre petit qui avait reçu trois balles levait encore la tête en criant : — Hé ! où est mon père pour me tirer d'ici ?...

Quatre hommes et une jeune fille réfugiés à la Salle, qui leur avait été désignée comme lieu d'asile, obtinrent d'un capitaine nommé Laplace la permission de se rendre chez eux, pour affaires urgentes, mais à la condition de revenir le même jour. Ils accomplissaient leur retour, lorsqu'un orage épouvantable les surprit. Malgré cet obstacle, les hommes voulaient continuer leur route, mais la jeune fille les supplia de ne pas l'abandonner dans un abri où elle s'était réfugiée. Ils y consentirent. Ce fut là un crime inexcusable aux yeux de Laplace. Rentrés dès l'aube, les quatre hommes furent saisis, garrottés, emmenés hors de la ville et fusillés.

Quant à la jeune fille, elle était réservée pour être pendue le jour même, et l'exécution devait avoir lieu sur l'emplacement où avaient été fusillés ses malheureux compagnons. Les sœurs régentes à qui elle avait été livrée pour qu'elles la préparassent à la mort, la supplièrent, pour échapper au supplice, de se déclarer enceinte. Mais celle-ci refusa avec indignation d'acheter sa vie au prix de cette honte. Alors les sœurs prirent sur elles le mensonge, et supplièrent le capitaine Laplace d'avoir pitié de l'enfant, s'il voulait se montrer inexorable envers la mère, et de surseoir à l'exécution jusqu'après l'accouchement.

Le capitaine, qui n'était pas dupe, ordonna qu'une sage-femme fût appelée et visitât la jeune fille. Au bout d'une demi-heure, la sage-femme fit son rapport et déclara que la jeune fille était enceinte.

— C'est bien, dit l'implacable capitaine, qu'on les mette toutes les deux en prison, et si dans trois mois il ne paraît pas de signe de grossesse, on les pendra toutes les deux.

Alors la sage-femme, épouvantée, avoue qu'obéissant aux instances des religieuses, elle a fait un faux rapport.

Sur cet aveu la sage-femme est condamnée à être fouettée publiquement, et la jeune fille est conduite au gibet sur le lieu même où se trouvent encore les cadavres des quatre infortunés dont elle a causé la mort.

Pendant que ces sanglantes exécutions occupaient l'élite des soldats de la France, l'étranger cherchait à profiter de ces désordres pour affaiblir Louis XIV. Il avait offert aux camisards des armes, des munitions et de l'argent.

On signala au maréchal de Montrevel la présence de deux navires suspects dans les eaux de Cette.

Aussitôt il se met à la tête d'un fort détachement et s'achemine vers les côtes de la Méditerranée où il place un corps d'observation. En même temps il applique à tout le littoral le système de destruction qu'il fait exécuter dans les Cévennes; pour que les camisards ne puissent trouver aucun secours, aucun abri sur les bords de la mer, il fait démolir et incendier toutes les habitations, toutes les cabanes de pêcheurs.

C'était là, certes, une mesure radicale; mais quelle ruine pour la France!

Au bout de quelques jours, les deux vaisseaux ennemis, ne recevant sans doute de la côte aucun signal, ne tentèrent aucun débarquement et disparurent au large.

———

# CHAPITRE IX

## Les Cadets de la Croix.

Excités par ce spectacle de ruine, par ces scènes de fusillades et de pendaisons, par la vue des écroulements et des incendies, les catholiques de Saint-Florent, de Sénéchas, de Rousson et de quelques autres localités se réunirent pour avoir leur part de meurtres et de pillage, dans cette guerre à mort contre leurs ennemis mortels, les huguenots.

Ils s'armèrent de tout ce qui pouvait tuer ou détruire et se mirent en chasse des proscrits, enlevèrent les troupeaux de Pécotat, de Fontarèche, de Pajolas, incendièrent douze maisons au Collet-de-Dèze, massacrèrent cinquante-deux personnes à Brenoux; puis, s'apercevant qu'il y avait parmi les victimes des femmes enceintes, ils leur arrachèrent les enfants de leur sein, les placèrent au bout des piques et des hallebardes, et s'en servirent comme de sanglantes enseignes, pour se diriger vers les villages de Saint-Drais et de Castagnols où ils commirent les mêmes excès.

Bientôt ces bandes improvisées s'organisèrent en compagnie et prirent, d'une petite croix blanche qu'ils portaient cousue à leurs habits, le nom de *Cadets de la Croix.*

Comme on le pense bien, ces bandes qui n'étaient soumises à aucun commandant régulier et qui n'obéissaient qu'aux plus cruelles passions, ne devaient reculer devant aucun crime.

« Une de leurs bandes, dit Labaume, commença de ravager tout ce qui appartenait aux nouveaux convertis, depuis Beaucaire jusqu'à Nîmes ; ils tuèrent une femme et deux enfants de la métairie de Campuget, un homme de quatre-vingts ans à celle de M. Detilles, qui est au-dessus de Bouillargues, quelques gens à Cieure, une fille de Caissargues, un jardinier à Vimes, et quelques autres personnes encore ; ils enlevèrent les troupeaux, les meubles et tous les effets de tous les nouveaux convertis qu'ils purent trouver ; ils brûlèrent la métairie de Clairan, celle de Loubes et six autres du côté de Saint-Gilles, celles de la Marine, de Carlet, de Campoget, de Miramas, de

la Bergerie, de Larnac, du côté de **Man-
duel**. »

« Ils arrêtaient les voyageurs sur les
grands chemins, dit Louvreloeil, et pour
connaître s'ils étaient catholiques, ils les
contraignaient à dire en latin l'Oraison do-
minicale, la Salutation angélique, le Sym-
bole de la foi et la Confession générale;
ceux qui ne savaient pas ces prières passaient par le fil de leurs épées. Dans le lieu
de Dions, on trouva neuf corps morts dont
le meurtre leur fut imputé ; et quand on
vit pendu à un arbre le berger du sieur de
Roussière, ci-devant ministre, on ne man-
qua point de dire que c'étaient eux qui
l'avaient fait mourir; enfin, leur cruauté
allait si loin qu'une de leurs bandes ayant
rencontré sur un chemin M. l'abbé de
Saint-Gilles, elle lui demanda un domestique, nouveau converti, qu'il avait avec lui,
afin de le faire mourir. L'abbé eut beau
leur remontrer qu'on ne devait pas faire un
tel affront à un homme de sa naissance et
de sa race, ils n'en persistèrent pas moins
dans la volonté qu'ils avaient de tuer cet
homme, si bien que l'abbé fut forcé de le
prendre entre ses bras et de présenter son
corps aux coups qu'ils voulaient porter à
son domestique. »

L'auteur des *Troubles des Cévennes* rap-
porte quelque chose de mieux encore; c'est

un événement qui se passa à Montclus le
22 février 1704. « Dans ce lieu, dit-il, il y
avait quelques protestants, mais un plus
grand nombre de catholiques ; ceux-ci,
excités par un capucin natif de Bergerac,
s'érigèrent en cadets de la Croix, et voulurent faire leur apprentissage d'assassins
sur leurs compatriotes ; en conséquence,
étant entrés chez Jean Barnou, ils lui cou-
pèrent d'abord les oreilles et les parties
naturelles ; après quoi, ils l'égorgèrent en
le saignant comme on fait d'un porc. En
sortant de chez ce malheureux, ils rencontrèrent dans la rue Jacques Clas, et lui ti-
rèrent un coup de fusil qui lui perça le
ventre ; les entrailles en sortirent et traî-
naient à terre ; il les ramassa et rentra chez
lui ; sa femme, qui était près d'accoucher,
et ses deux petits enfants, effrayés de ce
spectacle, s'empressaient de le secourir,
lorsque les meurtriers parurent au seuil de
la porte : alors, au lieu de se laisser fléchir
aux cris et aux larmes de cette malheu-
reuse femme et de ses pauvres enfants, ils
achevèrent le blessé, et comme la femme
voulait défendre son mari, ils lui brûlèrent
la cervelle d'un coup de pistolet ; alors ils
s'aperçurent de sa grossesse et que l'enfant, qui avait huit mois de gestation, tres-
saillait dans le sein de sa mère ; alors ils
ouvrirent le ventre de cette femme, en ti

rèrent l'enfant, et ayant versé à sa place un picotin d'avoine, ils firent manger un cheval qui était attaché à la porte, dans ce râtelier sanglant ; une voisine, nommée Marie Silliol, qui voulait porter du secours aux enfants, fut massacrée, mais au moins les meurtriers se contentèrent de sa mort et ne poursuivirent pas leur vengeance au delà. Etant alors sortis dans la campagne, ils rencontrèrent Pierre et Jean Bernard, l'oncle et le neveu, l'un âgé de dix ans, l'autre de quarante-cinq ; s'étant emparés aussitôt de tous deux, ils mirent entre les mains de l'enfant un pistolet, qu'ils le forcèrent de décharger sur son oncle ; sur ces entrefaits, le père arriva, et on voulut le forcer de tirer sur son fils ; mais comme aucune menace ne put le contraindre, et que la scène tirait en longueur, on finit tout simplement par les tuer tous deux, l'un à coups de sabre l'autre à coups de baïonnette.

« Au reste, ce qui leur avait fait activer cette dernière exécution, c'est qu'ils avaient aperçu se dirigeant vers un bois de mûriers où elles allaient nourrir des vers à soie, trois jeunes filles de Bagnols ; ils les y suivirent, et les y ayant rejointes d'autant plus facilement que, comme il était grand jour, elles n'avaient aucune crainte, ils les violèrent, leur lièrent les mains, puis les attachèrent à deux arbres, la tête en bas et les jambes écartées, ils leur ouvrirent le ventre, et y introduisant leurs poires à poudre, ils les écartelèrent en y mettant le feu.

Ceci se passait sous le règne de Louis-le-Grand et pour la plus merveilleuse gloire de la religion catholique. Au reste, l'histoire a conservé les noms de ces cinq brigands : c'étaient Pierre Vigneau, Antoine Rey, Jean d'Hugon, Guillaume et Gontanille.

Ces assassinats inspirèrent une telle horreur à ceux que le fanatisme ou l'aveugle vengeance n'avait pas affolés, que leurs protestations forcèrent le maréchal de Montrevel à désavouer ces forfaits et à publier de sévères ordonnances contre ces bandes irrégulières.

# CHAPITRE X

## Les derniers faits d'armes de Jean Cavalier.

Le chef des camisards, de son côté, cherchait à rendre, moins les assassinats, le mal que les troupes royales et les cadets de la Croix faisaient à ses coreligionnaires.

Ici se place un des plus beaux faits d'armes de l'illustre capitaine protestant.

Jean Cavalier était campé avec les enfants de Dieu du côté de Saint-Chatte. Le maréchal de Montrevel fit marcher contre lui, sous le commandement de La Jonquière, six cents hommes de la marine et quelques compagnies du régiment de dragons de Saint-Cernin. Un peu plus tard, il envoya un renfort de cent dragons, sous la conduite de M. de Foix, leur lieutenant. Mais M. de La Jonquière représenta à

M. de Foix que le secours qu'il lui amenait était inutile et, ne voulant partager
avec personne l'honneur de battre Cavalier, le pria de rentrer à Uzès.

M. de La Jonquière entra à Moussac par
une porte au moment où les camisards en
sortaient par une autre. Mais bientôt les
troupes royales atteignirent Jean Cavalier
qui les attendait de pied ferme, dans une
position appelée les Devoirs-de-Martignargues.

A l'approche de La Jonquière, Jean Cavalier, après la prière habituelle, rangea ses
hommes en bataille. Il plaça son corps
principal sur le bord d'un ravin qui lui ser-
vait de retranchement, se servit de taillis
pour couvrir ses deux flancs, plaça à sa
gauche trente cavaliers et soixante hommes à sa droite.

Après avoir fait reconnaître la position
des camisards par un de ses lieutenants,
M. de Saint-Chatte, M. de La Jonquière,
sans tenir compte des observations de l'officier envoyé en reconnaissance, et sur
l'affirmation de celui-ci que le principal
corps commandé par Jean Cavalier était
bien celui qui se trouvait droit devant lui,
sur la hauteur, se mit à la tête de ses
troupes et marcha contre l'ennemi. Arrivé
à une portée de pistolet, le commandant
catholique commanda le feu. Mais les

deux troupes ennemies étaient si près l'une de l'autre, que Cavalier entendit le commandement de M. de La Jonquière. Aussitôt, sur un signe de leur chef, tous les camisards se jettent à plat ventre, et les balles leur passent par-dessus la tête.

Le chef des troupes royales croit avoir tué ou blessé tous les camisards, lorsque ceux-ci se relèvent soudain en entonnant un psaume, s'élancent sur les catholiques qu'ils fusillent à dix pas et qu'ils abordent ensuite à la baïonnette. En même temps, les soixante hommes embusqués font une décharge de flanc sur M. de La Jonquière, tandis que les trente cavaliers mis en embuscade chargent à grands cris.

Les troupes royales surprises, terrifiées, sont taillées en pièces ou noyées dans l'écluse d'un moulin. M. de La Jonquière, blessé, démonté, n'a que le temps de sauter sur le cheval d'un dragon, traverse le Gardon, et va se réfugier à une lieue de là, à Boucoiran.

Ce combat mémorable, livré le 15 mars 1704, coûta aux troupes catholiques vingt-cinq officiers tués ou blessés, et près de six cents cavaliers ou fantassins restèrent sur le champ de bataille.

Jean Cavalier fit un immense butin en fusils, baïonnettes, épées, pistolets, argent, bijoux, chevaux, valeurs de toute espèce.

Du côté des camisards, pas un seul homme de tué, et parmi douze qui furent blessés, deux seulement succombèrent.

Cette affaire, qui eut un immense retentissement, qui donna à Jean Cavalier une réputation énorme, perdit Montrevel dans les conseils du roi, et le maréchal de Villars fut envoyé à sa place.

Furieux de cette disgrâce, Montrevel né voulut pas quitter son commandement sans se relever par quelque coup d'éclat aux yeux du roi et de l'opinion publique.

Afin de masquer le plan qu'il avait conçu et inspirer toute sécurité aux camisards, il fit annoncer pour le 16 avril son départ pour Montpellier, fit filer ostensiblement ses équipages devant lui, et dégarnit plusieurs postes dont les effectifs devaient, selon toute prévoyance, lui servir d'escorte, ou bien former le cortège de son successeur.

Pendant ce temps, Jean Cavalier complétait sa victoire en châtiant quelques villages hostiles, en punissant les prêtres, incendiant les églises.

A cette date, le chef calviniste était à la tête d'une petite armée bien aguerrie, parfaitement disciplinée, possédant fifres, tambours et trompettes. Il était lui-même précédé de douze gardes habillés de rouge, et suivi de quatre laquais. Comme son col-

lègue signait : comte Roland, il avait pris
le titre de duc des Cévennes.

Les camisards se dirigèrent d'abord sur
Boucoiran, gros bourg situé entre Alais et
Nîmes, et dont les maisons occupent le
pied et le flanc d'une colline défendue par
un château. Jean Cavalier s'arrêta quelques
instants dans la partie basse du bourg, pour
y laisser reposer et rafraîchir ses troupes,
puis il se dirigea vers Saint-Geniès où il apprit le prochain départ de M. de Montrevel.
Il se rapprocha alors de Nîmes et passa la
nuit avec ses troupes à une lieue de cette
ville, à Caveirac, dont il fit avant son départ
démolir les fortifications. La garnison s'était
retirée dans l'église et le château. Mais
Cavalier qui projetait une expédition sur la
Vaunage ne songea pas à l'inquiéter.

Il quitta le bourg, tambours battant, enseignes déployées, et se dirigea vers Nages.

Montrevel qui avait d'excellents espions,
dirigés par un curé, était instruit d'heure en
heure de tous les mouvements de la petite
armée huguenote. Résolu à tirer une éclatante revanche de la défaite essuyée par
ses troupes aux *Devoirs-de-Martignargues*,
il partit le 15 avril de Sommières, après
avoir donné ordre au commandant de Lunel, M. de Grandval, de se porter le lendemain, à la pointe du jour, avec le régiment
de Charolais et cinq compagnies de dra-

gons, sur les coteaux de Boissières, et à M. de Sandricourt, gouverneur de Nîmes, de tirer de la garnison tout ce qu'il pourrait le troupes, tant Suisses que dragons, et de les envoyer pendant la nuit, sous le commandement de M. de Courten, du côté de Saint-Côme et de Clarensac.

Ce double mouvement, qui devait se combiner avec le sien, devait tendre à envelopper les camisards, rendus trop confiants par leurs nombreux et récents succès.

En effet, dès que Montrevel eut appris la direction prise par Cavalier, il partit de Sommières, vers neuf heures du matin, à la tête de six compagnies de dragons, d'une compagnie franche de cent Irlandais, de trois cents hommes du régiment de Hainaut et de trois compagnies des régiments de Soissonnais, Charolais et Menon, ce qui formait un effectif de plus de neuf cents hommes.

Le maréchal s'avança sur les hauteurs, du côté de Clarensac, lorsque, au bruit de la mousqueterie, il se replia tout à coup vers Langlade.

Les camisards, après avoir quitté Caveirac, s'étaient retirés dans une sorte de ravin, entre Boissières et le moulin à vent de Langlade, pour y prendre quelque repos. Le camp dormait. Les fantassins s'étaient couchés à côté de leurs armes, et les cavaliers aux pieds de leurs chevaux dont ils tenaient la bride passée au bras. Cavalier, harassé de fatigue, avait lui-même cédé au sommeil, près de son jeune frère qui, seul, gardait la veille.

Tout à coup il se sent rudement secoué aux bras, et se dressant, il entend des cris : *Tue ! tue !... Aux armes ! aux armes !*

C'est Grandval, le commandant de Lunel, qui vient de surprendre le camp endormi.

Après un moment de surprise et de confusion, les camisards se mettent sur la défensive, puis, culbutant les assaillants, s'élancent à leur poursuite. La cavalerie s'emporte et laisse loin derrière elle l'infanterie, et leur chef, Jean Cavalier, dont le cheval vient d'être blessé.

Au bout d'une heure de course, durant laquelle ils tuent une douzaine de dragons, les cavaliers calvinistes se trouvent arrêtés, entre Boissières et Vergèse, par le régiment de Charolais qui les attendait, rangé en bataille, et derrière lequel vont se reformer les dragons.

Après avoir fait une dernière décharge qui fit quelques vides dans les rangs ennemis, la cavalerie camisarde bat en retraite et rencontre le gros de l'armée amené par Jean Cavalier, qui a pris le cheval d'un dragon mort et qui se hâte de rallier ses troupes, car on voit apparaître déjà les têtes de colonne du corps du maréchal de Montrerel qui arrive, comme nous l'avons dit, au bruit de la fusillade des camisards. Mais Jean Cavalier s'aperçoit alors que la retraite lui est coupée et qu'il a l'ennemi en tête et en queue. Il faut passer.

Mais quel est l'endroit le plus favorable ? Cavalier connaît moins cette localité que celles où il a combattu jusque-là. Une mauvaise indication, donnée par un paysan, le conduit au milieu d'un corps de troupes commandé par Menon. Sans songer à revenir sur ses pas, sans compter le nombre des ennemis, Jean Cavalier enlève ses hommes, passe sur le corps des soldats de Montrevel, et continue sa route vers Nages, pour gagner la plaine de Calvisson. Mais le village, les avenues, toutes les issues sont gardées par un nouveau corps de troupes royales.

En même temps, Grandval et Montrevel dessinent leur mouvement enveloppant; Menon, qui a rallié ses hommes, contribue à resserrer le cercle de fer et de feu qui entoure les camisards. Leur chef espère que les hauteurs de Nages ne seront pas occupées. Il les gravit, mais il se heurte là à de nouveaux escadrons, à des bataillons plus nombreux que ceux auxquels il a eu affaire jusque-là et qui le forcent à regagner la plaine.

Alors se dressant sur ses étriers et dominant ses troupes qui l'entourent :

— Enfants, s'écrie-t-il d'une voix retentissante, nous sommes pris et roués vifs si nous manquons de cœur. Nous n'avons plus qu'un moyen : il faut se faire jour et passer sur le ventre à ces gens-là. Suivez-moi et serrez-vous.

Il achevait de parler, qu'il se précipite sur l'ennemi, suivi de toute sa troupe qui se bat avec la fureur du désespoir. La mêlée est terrible. Trois corps de l'armée royale se sont rapprochés et prennent les soldats de Cavalier comme dans un étau. Mais, bien qu'ils soient un contre cinq, les révoltés font de larges trouées autour d'eux; on n'a pas assez d'espace pour charger les armes à feu et tirer. On se prend corps à corps, à la gorge, aux cheveux, on se hache à coups de sabre, on se poignarde à coups de baïonnette. C'est une lutte de démons, échevelés, haletants, hurlants, où les imprécations des blessés et des mourants se mêlent aux cris de joie féroce des tueurs. Enfin, comme un sanglier qui a secoué, éventré, rejeté la meute attachée à ses flancs, et qui a percé le cercle des chasseurs, Jean Cavalier passe sur le ventre des cinq mille hommes de troupes de Montrevel qui croyait le tenir. Il a perdu cinq cents hommes, mais il en a tué le double à l'ennemi.

Il s'arrête un instant avec les débris de

son armée, pour respirer. Mais il n'est pas encore hors d'atteinte, car il n'a franchi qu'un seul des cercles qui l'entourent.

Il se trouva au milieu d'une sorte de plaine circulaire, entourée par les troupes royales. Avec son regard d'aigle, il fouille l'horizon et reconnaît tout de suite le point faible où il peut espérer échapper. Il a remarqué un pont qui n'est gardé que par une centaine de dragons.

Il divise aussitôt ses hommes en deux pelotons, en met un sous le commandement de Ravanel et de Catinat qu'il charge de forcer le pont, tandis qu'à la tête de l'autre il soutiendra la retraite.

Il fait donc brusquement face aux troupes royales et charge avec fureur les dragons qui le pressent.. Il cède pas à pas le terrain que les royaux ne conquièrent qu'au prix de sanglants sacrifices. Il n'est plus qu'à deux cents mètres du pont, lorsqu'il entend tout à coup de grands cris derrière lui. Il se retourne: le corps commandé par Ravanel et Catinat a forcé le passage; mais au lieu de garder le pont, pour permettre à leur chef de le franchir à son tour, les camisards fuient et se dispersent dans la plaine.

En ce moment un enfant se jette au devant d'eux et les arrête, le pistolet au poing.

C'est le plus jeune frère de Cavalier, à

peine âgé de dix ans. Monté sur un de ces petits chevaux de la Camargue, équipé avec des armes proportionnées à sa taille, il s'aperçoit que son frère, qui charge les dragons, est encore assez éloigné du pont et que la retraite va lui être coupée.

— Où allez-vous? crie-t-il aux fuyards, c'est de l'autre côté que l'on se bat; au lieu de fuir comme des lâches, bordez la rivière, maintenez l'ennemi et favorisez la retraite de mon frère.

Rappelés au sentiment de l'honneur par cette jeune voix héroïque, les camisards débandés s'arrêtent, se rallient, se défilent le long de la rivière et, par un feu nourri, protègent la retraite de Cavalier qui atteint le pont et le traverse, sans avoir reçu une égratignure, bien qu'il ait son cheval criblé de blessures et qu'il ait été forcé de changer trois fois de sabre.

Mais les royaux, furieux de voir Cavalier leur échapper, s'acharnent à sa poursuite et le combat reprend avec plus de furie.

« Les camisards, dit l'historien, de la Baume, se retiraient à grands pas, et quand ils avaient une avance un peu raisonnable, ils tenaient ferme, essuyaient la décharge des troupes qui les suivaient et faisaient la leur. Ils se défendaient avec tant de rage et d'opiniâtreté que, quand ils n'avaient plus à tirer, ils lançaient des pierres. »

Du reste, des deux côtés chacun fit son devoir. Le maréchal de Montrevel se conduisit en vaillant capitaine, se montrant partout où il y avait du danger et animant ses officiers et ses soldats par son courage et son ardeur; un capitaine irlandais fut tué à ses côtés, un autre y fut blessé à mort et un troisième atteint légèrement.

Après cette sanglante journée, M. de Montrevel céda la place au maréchal de Villars, en faisant dire à Cavalier.

— C'est ainsi que je prends congé de mes amis.

Quant au héros des Cévennes, voici ce que nous lisons dans les *Mémoires de Villars:*

« Ce chef agit dans cette journée d'une manière qui surprit tout le monde. Voir un homme de rien, sans expérience dans l'art de la guerre, se comporter dans les circonstances les plus épineuses et les plus délicates comme l'aurait pu faire un grand général, qui n'en eût été surpris? »

Cavalier rallia les débris de sa petite armée aux environs de Pierredon. Il s'y reposa deux jours; de là il se réfugia dans les bois d'Euzet.

Mais sa troupe était bien diminuée et l'aspect en était réellement lamentable. La plupart de ses soldats étaient découragés et désarmés. Beaucoup d'entre eux avaient en effet jeté leurs fusils et leurs munitions pour fuir plus vite à travers les difficultés du terrain. La cavalerie aussi était en partie détruite ou démontée. Beaucoup de cavaliers avaient abandonné leurs chevaux pour pouvoir franchir de larges fossés qui les mettaient à l'abri de la poursuite des dragons.

Ces restes épuisés de sa troupe, hier encore si vaillante et si belle, se reposait au plus épais des bois d'Euzet et dans leur partie inaccessible, espérant s'y refaire à l'abri des coups de l'ennemi. Cavalier était allé visiter les blessés que l'on avait transportés et cachés dans une vaste caverne. Après avoir fait distribuer des secours, prodigué des soins et réconforté ses infortunés compagnons d'armes, il s'en revenait vers son camp, lorsqu'il tomba dans un parti de miquelets qui l'eussent fait prisonnier si, grâce à son adresse et à son courage ordinaires, il n'avait sauté du haut d'un rocher élevé de plus de vingt pieds. Il rejoignit en toute hâte sa troupe pour donner l'alarme. Les camisards furent vite sur pied, prêts à gagner un endroit plus sûr ; mais ils furent, avant leur départ, débusqués par les miquelets du maître de camp Lalande et l'on fut obligé d'en venir aux mains. Les camisards laissèrent dans leur retraite quelques morts sur le carreau, entre autres une belle jeune fille au bras de laquelle on trouva un bracelet sur lequel étaient gravés ces mots : *Suzanne Delorme.*

En ce moment la fortune trahissait définitivement Jean Cavalier.

Les échecs successifs, les accidents, les
désastres tombaient sur lui et l'accablaient.

La défaite de Nages, le combat sanglant
des bois d'Euzet, n'auraient pas suffi à l'a-
battre complètement, si un nouveau malheur, plus terrible que tous ceux qu'il
avait subis, n'était venu rendre sa ruine
complète, irréparable.

Les miquelets de Lalande avaient remarqué une vieille femme qui avait pénétré
plusieurs fois dans les bois d'Euzet, char-
gée tantôt d'un lourd panier qu'elle portait
au bras, tantôt d'une de ces grandes et larges corbeilles, que l'on appelle dans la contrée *panier long.*

Ces allures, ces voyages répétés parurent
suspects aux miquelets de Lalande qui ar-
rêtèrent la vieille femme et l'amenèrent
devant leur chef, sous l'accusation d'apporter des vivres ou des munitions à des
camisards cachés dans les taillis.

Ni promesses, ni menaces ne purent arracher son secret à l'accusée qui alléguait
divers prétextes pour expliquer sa conduite.

— Puisqu'elle ne veut pas parler, dit le
chef des troupes royales, qu'on la pende.

L'infortunée ne broncha pas; elle marcha
à la mort d'un pas sûr et délibéré. Mais au
moment de mettre le pied sur le premier

degré de l'échelle appliquée contre le gibet, elle sent son cœur défaillir et promit de tout révéler si on lui garantissait la vie sauve.

Elle fut ramenée devant Lalande à qui elle avoua qu'elle se rendait très souvent dans une immense caverne où les camisards cachaient toutes leurs provisions, leurs munitions et leurs armes.

Les vastes profondeurs de ce souterrain servaient à la fois d'hôpital, de greniers, de manutention et d'arsenal.

Guidés par la vieille femme, les miquelets en découvrirent l'entrée merveilleusement cachée par des broussailles et des roches roulées.

Ils trouvèrent d'abord une trentaine de blessés qu'ils massacrèrent sans pitié.

Puis, s'engageant sous les voûtes, ils découvrirent avec étonnement des amas de blé, des sacs de farine, des pièces de vin, des barriques d'eau-de-vie, des tas de légumes, des châtaignes, des quartiers de lard pendus au plafond, des caisses remplies de médicaments. Puis enfin, pénétrant dans l'endroit le plus reculé de la caverne, ils se trouvèrent en présence d'armes de toute espèce, de barils de poudre, de mortiers et de moulins à bras pour la fabriquer, de soufre, de salpêtre, de charbon.

Ce dernier événement mettait Cavalier dans l'impuissance de tenir plus longtemps la campagne. Peut-être ne se serait-il pas laissé abattre par ce désastre, si grand qu'il fût. Mais le recrutement de sa troupe devenait difficile. La lassitude et le désespoir, la misère et la ruine étaient partout. La situation paraissait sans issue.

Dans ses Mémoires, Cavalier explique lui-même les difficultés de sa situation, l'impuissance à laquelle il se trouvait réduit :

« La perte que je venais de faire à Nages, écrit-il, était irréparable, puisque j'avais perdu tout d'un coup une grande quantité d'armes, toute ma munition, tout mon argent, mais surtout un corps de soldats faits au feu et à la fatigue, et avec lesquels je pouvais tout entreprendre. Mais ma dernière perte, celle de mes magasins, était la plus sensible ; elle m'était plus fatale que toutes celles qui l'avaient précédée mises ensemble, parce qu'auparavant j'avais toujours eu quelques ressources pour me rétablir, mais alors je n'en avais aucune. Le pays était désolé, l'amitié de mes amis était refroidie, leurs bourses épuisées, cent bourgs ou villages saccagés et brûlés, toutes les prisons pleines de protestants, la campagne déserte ; et le maréchal de Villars était arrivé dans la province avec de nouvelles troupes. »

# CHAPITRE XI

## Jean Cavalier, le maréchal de Villars et Louis XIV.

Cette longue et sanglante persécution qui avait mis les armes à la main d'une partie des protestants, les luttes terribles qui s'étaient engagées dans le midi de la France, les assassinats, les violences, les crimes qui avaient été commis à la faveur de ces désordres, l'état misérable, horrible de toute une province, avaient profondément ému certains esprits que n'aveuglait pas le fanastime. Des hommes de bien de l'un et de l'autre parti déploraient ces malheurs et eussent voulu, au prix de leur sang, les conjurer et les faire cesser.

Parmi ces braves cœurs se trouvait un jeune gentilhomme d'Uzès, nommé de Rossel, baron d'Aigaliers, aussi bon chrétien et fervent protestant que sujet fidèle et dévoué au roi.

Il s'agissait tout d'abord d'obtenir de Louis XIV un adoucissement aux mesures de rigueur qui avaient causé l'insurrection des Cévennes, dans le but d'amener les insurgés à mettre bas les armes ou de forcer les gens modérés, dans le parti calviniste, de s'allier aux troupes du roi pour combattre les rebelles.

D'Aigaliers n'est arrêté par aucune difficulté. Un heureux hasard lui procure un sauf-conduit. Il arrive à Paris où le crédit de quelques amis le met en rapport avec le ministre Chamillard qui le présente au maréchal de Villars, au moment où ce dernier allait remplacer Montrevel dans le commandement du Languedoc.

Villars parut goûter le plan du jeune pacificateur et lui donna rendez-vous à Lyon.

Avant de partir, d'Aigaliers fit remettre une note au roi.

Le maréchal de Villars trouva à Lyon le baron d'Aigaliers fidèle au rendez-vous. Il l'emmena avec lui dans sa descente du Rhône et écouta favorablement toutes les raisons que celui-ci lui fit valoir en faveur du plan qu'il avait conçu. Le baron chercha surtout à mettre en garde le maréchal contre le mauvais vouloir du maréchal de camp de Julien et de M. de Basville, contre les malintentionnés du clergé et de l'armée, qui ne voyaient, eux, de pacification possible que dans un redoublement de rigueur et dans une impitoyable répression.

Villars lui répondit qu'il avait toujours deux yeux et deux oreilles pour les deux partis.

Arrivé à Nîmes, M. d'Aigaliers parvint à rassembler huit cents protestants qui demandèrent à s'armer pour marcher contre les rebelles, espérant ou les ramener par leur exemple, ou décidés à les combattre pour donner un gage de leur fidélité.

— Si cela est nécessaire, répondit Villars à la requête qui lui fut présentée, je me servirai de vous avec la même confiance que je mettrais à me servir des catholiques. J'espère ramener les rebelles par la douceur et je suis bien aise que vous répandiez partout que j'offre une amnistie à tous ceux qui se retireront dans huit jours avec leurs armes dans leur maison.

On sait que le maréchal de Villars, âme élevée et vaillante, esprit profond, avait déploré la révocation de l'Edit de Nantes. Cet homme illustre tâchait en ce moment de réparer les fautes de Louis XIV, comme bientôt il réparera, par d'éclatantes victoires contre l'étranger, les désastres de la France amenés par l'aveuglement et la faiblesse du roi.

Il s'empressa de visiter le pays, pour

rassurer les esprits vivement excités par la guerre civile.

« Le roi, disait-il, m'a ordonné de finir promptement ces troubles. Par son ordre encore je vais premièrement employer les voies de la douceur, en offrant le pardon de leurs crimes aux chefs rebelles et à tous ceux qui les suivront s'ils viennent se soumettre et rendre leurs armes ; mais s'ils s'opiniâtraient dans leur révolte, je les traiterai avec la dernière rigueur, eux et tous ceux du pays qui les soutiendront. Le mal a trop duré : il faut ou se soumettre, ou s'attendre à être écrasé. »

Ces belles paroles annonçaient un changement complet de politique.

M. d'Aigaliers, malgré l'opposition de M. de Basville, eut commission de former un corps de protestants, et il se mit à parcourir le pays, exposant son plan, exhortant ses coreligionnaires à suivre la voie qu'il leur ouvrait.

Il aurait peut-être réussi dans la mission qu'il s'était imposée, lorsque deux hommes qui avaient jusque-là le plus poussé aux mesures de rigueur et aux exécutions sanantes, Basville et de Lalande, voyant qu'ils allaient perdre le fruit de leur œuvre, sentant bien surtout que le maréchal de Villars, loin de suivre les errements de Montrevel, était décidé à obtenir rapide-

ment par la conciliation la pacification
des Cévennes, résolurent d'exploiter à leur
profit le nouveau système de leur chef et
de prévenir ainsi M. d'Aigaliers.

Il fallait, pour réussir et recueillir le
bénéfice de leur intrigue, agir promptement et ne pas se laisser devancer.

Le moyen le plus sûr d'arriver au but,
c'était d'attaquer de front la difficulté et
d'agir directement sur les chefs des insurgés.

Ce fut sur le principal d'entre eux, sur
Jean Cavalier, qu'ils jetèrent les yeux.

Pour entrer en relation avec l'illustre chef
camisard, ils s'adressèrent à un nommé Lacombe, chez qui, on s'en souvient, Cavalier
avait servi en qualité de berger. Ils l'invi-
tèrent à s'aboucher avec son ancien servi-
teur, à lui représenter l'avantage de l'ac-
commodement que lui offrait le maréchal
de Villars.

Lacombe, qui s'empressa d'accomplir sa
mission, arrivait à propos auprès de Cavalier.

Celui-ci écouta Lacombe, d'abord avec
étonnement, puis avec une secrète joie.

On lui offrait une issue honorable à une
situation qu'il jugeait désespérée.

Il se montra disposé à entrer en pour-
parlers, tout en déclarant d'avance « que les
camisards ne mettraient jamais bas les

armes qu'on n'eût rétabli dans le pays l'exercice de leur religion ».

En présence de ces dispositions, M. de Lalande jugea qu'il était nécessaire de conférer directement avec Cavalier, et il lui écrivit une lettre pour lui demander une entrevue, lui déclarant « que s'il refusait cette offre, il le regarderait comme l'ennemi de la paix et le rendrait responsable de tout le sang qui serait répandu à l'avenir ».

Cette ouverture où éclatait la franchise d'un soldat toucha vivement Cavalier, qui, pour ôter à ses amis aussi bien qu'à ses ennemis jusqu'au moindre prétexte de le blâmer, résolut de faire voir à tout le monde qu'il était prêt à saisir l'occasion de faire une paix honorable.

Il prit, pour porter sa réponse au général l'homme en qui il avait le plus de confiance, Catinat, chef de sa cavalerie.

La mission ne paraissait pas sans péril, car de Lalande avait promis deux mille livres à celui qui lui apporterait la tête de Jean Cavalier, et mille livres à qui lui apporterait celle d'un de ses lieutenants.

Catinat revêtit son habit des jours de bataille, *se mit dans son propre*, comme dit un historien du temps, et se présenta devant le maréchal de camp avec une contenance fière et hardie.

Cette attitude étonna M. de Lalande.

— Quel est votre nom ? demanda-t-il à Catinat.

— Je suis Catinat et commandant de la cavalerie de Cavalier.

— Quoi, vous êtes Catinat ! ce Catinat qui a massacré tant de gens du côté de Beaucaire ?

— Oui, je suis le même. J'ai fait ce que vous dites, et j'ai cru devoir le faire.

— Vous êtes bien hardi d'oser paraître devant moi.

— J'y suis sur la bonne foi et sur la parole que frère Cavalier m'a donnée qu'il ne me serait fait aucun mal.

— Il a eu raison.

— Voici la lettre qu'il m'a chargé de vous remettre.

M. de Lalande prit la lettre des mains de Catinat, et après l'avoir lue :

—Retournez auprès de Cavalier, assurez-le que dans deux heures je me rendrai au pont d'Avène avec trente dragons et quelques officiers, qu'il s'y trouve en pareil nombre.

— Frère Cavalier ne voudra pas aller au pont d'Avène avec une si faible escorte.

— Il peut y amener tel nombre d'individus qu'il jugera à propos. Pour moi, je n'en veux pas davantage. Je me fie à Cavalier, puisque Cavalier se fie à moi.

Catinat s'empressa de rapporter à son chef la réponse du maréchal de camp, et Cavalier se disposa à se rendre au lieu convenu pour leur entrevue.

Il laissa le gros de ses troupes à Massanes, ne prit avec lui que soixante hommes d'infanterie, huit cavaliers et se dirigea vers le pont d'Avène.

L'endroit est assez agreste. La rivière coule entre des bords abrupts. Le paysage est découvert, formé de plateaux ondulés et borné à l'horizon, surtout du côté de l'Est, de bois profonds. Les deux troupes durent se voir arriver de loin, et s'examinèrent avec curiosité.

Cavalier arrivé en vue du pont fit faire halte à ses soixante hommes, fit quelques pas avec ses cavaliers à qui il ordonna aussi de s'arrêter, et s'avança seul vers le pont où devait avoir lieu l'entrevue.

M. de Lalande arrivait en ce moment de son côté.

Les deux chefs se saluèrent avec courtoisie ; puis ils restèrent quelques moments à s'examiner.

Nous empruntons aux Mémoires de Jean Cavalier le résumé de cette entrevue.

Lalande prit le premier la parole.

« — Le roi, dit-il, par un effet de sa clémence, souhaite de finir la guerre qui est entre ses sujets, guerre qui ne peut que causer la ruine du royaume, guerre qu'il croit être allumée et entretenue par ses ennemis.

« Quelles sont vos prétentions, en quoi consistent vos demandes ?

« — En trois choses :

« *La première*, qu'on nous accorde la liberté de conscience.

« *La seconde*, qu'on délivre des prisons et des galères tous ceux qui y sont détenus pour cause de religion.

« *La troisième*, que, si l'on nous refuse la liberté de conscience, on nous accorde du moins la permission de sortir du royaume.

« — Combien de monde souhaitez-vous que l'on vous accorde pour sortir du royaume ?

« — Dix mille de tout âge et de tout sexe.

« — C'est beaucoup. On pourrait vous en accorder deux mille et non dix mille.

« — Je demande un passeport pour dix mille individus, avec la condition qu'il nous sera accordé trois mois pour disposer de nos effets et de nos biens, et de nous retirer ensuite sans être inquiétés. S'il ne plaît pas au roi de permettre à ses sujets de sortir du royaume, qu'il veuille au moins, dans ce cas, rétablir nos édits et nos privilèges tels qu'ils étaient autrefois.

« — Je rendrai compte au maréchal de

vos demandes, et je serai très fâché si l'on n'en vient pas à une conclusion.

« A ces mots, Lalande s'avance vers les soixante hommes d'infanterie qui avaient escorté Cavalier et leur jette quelques poignées d'or, en leur disant :

« — C'est pour boire à la santé du roi.

« — Nous n'avons pas besoin d'argent, mais de liberté de conscience, répondirent les camisards en repoussant cet or.

« — Il n'est pas en mon pouvoir de vous l'accorder, mais vous ferez bien de vous soumettre aux volontés du roi.

« — Nous sommes prêts à obéir à ses ordres, répliqua Cavalier, pourvu qu'il daigne nous accorder nos justes demandes; sans quoi, nous mourrons plutôt les armes à la main que nous voir exposés aux cruelles violences qu'on nous fait souffrir. »

M. de Lalande s'empressa d'aller faire part au maréchal de Villars des propositions de Cavalier.

Le chef cévenol suspendit momentanément ses expéditions; il alla coucher à Vézénobres avec sa troupe, par billets de logement, puis il tint une assemblée où il pria et parla avec une telle ferveur, que tous les assistants fondirent en larmes et que Lacombe, son ancien maître, se sentit saisi de la plus vive émotion.

Le baron d'Aigaliers, qui depuis plus

d'une semaine était à la recherche de Cavalier, ne put le rejoindre que le lendemain de la conférence du pont d'Avène. Il raconte lui-même cette entrevue, et nous ne pouvons faire mieux que de la reproduire :

« Quoique ce fût la première fois que nous nous vissions, nous nous embrassâmes, comme si nous nous étions connus depuis longtemps. Ma petite troupe se mêla avec la sienne, et ils se mirent à chanter des psaumes ensemble pendant que nous parlions Cavalier et moi. Je fus très satisfait de sa conversation et n'eus point de peine à lui persuader qu'il lui fallait se soumettre pour le bien de ses frères, et que ceux-ci pourraient prendre le parti qui leur conviendrait le mieux, ou de sortir du royaume ou de servir le roi, mais que je croyais meilleur le dernier, pourvu qu'on nous laissât prier Dieu selon le sentiment de notre conscience, parce que j'espérais qu'en seréant fidèlement Sa Majesté, elle reconnaîtrait qu'on lui en avait imposé lorsqu'on nous avait dépeints auprès d'elle comme de mauvais sujets, et que, par là, nous pourrons obtenir la même liberté de conscience pour le reste du peuple. »

M. d'Aigaliers était bien naïf de croire que les soumissions et le dévouement toucheraient le cœur sec et dur d'un monarque sans entrailles. Il en fit plus tard l'amère

expérience, en se voyant payer de sa généreuse intervention par un emprisonnement
qui ne se termina que par une mort préma-
turée.

Cavalier, comme les grands esprits, avait
la prescience de ce qui devait arriver avec
un despote qui se croyait tout permis, qui
se disait maître de tout et ne se trouvait pas
engagé par ses promesses ni même ses
serments vis-à-vis de ses sujets.

S'il ne crut pas à la justice ou à la reconnaissance de Louis XIV, Cavalier pensa
peut-être que sa valeur personnelle le rendrait précieux au gouvernement et qu'on
emploierait ses talents militaires. C'est sans
doute cette arrière-pensée ambitieuse qui
le décida définitivement à traiter.

Sur de nouvelles instances de d'Aigaliers,
Cavalier avait accepté la conférence que
lui avait fait proposer le maréchal de Villars.
Le jour fut fixé au 16 mai 1704, et l'on se
prépara de part et d'autre à cette entrevue
mémorable qui eut lieu dans le jardin des
Récollets de Nîmes, situé hors la ville, entre
les portes de la Boucairie et de la Madeleine.

M. de Lalande était allé au-devant de
Cavalier qu'il rencontra entre Caveirac et
Saint-Césaire, escorté d'une partie de son
infanterie, de cinquante chevaux, et suivi
de son jeune frère, de d'Aigaliers et de
Lacombe ; il lui remit comme otages un

capitaine de dragons, un capitaine d'infanterie, d'autres officiers et des dragons.

Le chef camisard confia ces otages à Ravanel qu'il laissa à Saint-Césaire avec son infanterie. Puis ayant continué sa marche, il posta une partie de sa cavalerie sur les hauteurs qui dominent Nîmes et fit poser des sentinelles et des vedettes, pour pouvoir correspondre avec le gros de son armée.

Lalande avait précédé Cavalier et était allé prévenir de son arrivée le maréchal de Villars qui se promenait dans le jardin des Récollets avec MM. de Basville et de Sandricourt.

— La conférence, monsieur le maréchal que vous allez avoir avec Cavalier, dit M. de Sandricourt, sera remarquable dans l'histoire, et ceux qui viendront après nous seront surpris d'apprendre qu'un homme tel que Cavalier, de la lie du peuple, et qui ne s'est fait connaître que par des crimes et que par la révolte contre son roi, parvienne à faire sa paix avec un souverain, et qu'elle se traite dans une conférence entre ce misérable et le maréchal de Villars.

— Vos réflexions sont justes, répondit le maréchal à M. de Sandricourt, à ne regarder ceci que par l'extérieur ; mais il s'agit des sujets du roi, qui sont fomentés et soulevés par les ennemis de Sa Majesté, pour diviser ses forces par les troupes qu'elle est obligée d'envoyer dans cette province, ce qui procure un avantage à nos ennemis, ou du moins diminue ceux que le roi peut avoir sur eux. D'ailleurs il est toujours digne d'un grand roi d'user envers ses sujets plutôt de clémence que de rigueur. Plus le sujet est bas et abject, et plus la générosité y est grande; et pour un général, il est aussi glorieux de pacifier les guerres civiles du royaume que de vaincre les ennemis de l'Etat.

En ce moment on entendit un grand tumulte, les cris d'une foule immense.

— Quel est ce bruit? demanda le maréchal de Villars.

— C'est le peuple qui acclame son idole, Jean Cavalier.

En effet le héros cévenol avait peine à s'avancer au milieu de la population protestante accourue de Nîmes et des environs pour le voir et lui témoigner son amour et son admiration, et cette manifestation était tellement formidable que M. de Villars se disait si ce n'était pas lui qui eut dû demander des otages au lieu d'en donner.

En arrivant au lieu de la conférence, Cavalier remarqua que les soldats du maréchal étaient placés sur une seule file : il fit mettre les siens sur une file parallèle.

Dès qu'il eut pénétré dans le jardin des Récollets, il remarqua trois personnages

qui attendaient sa venue. Il ne connaissait
pas le maréchal de Villars, il le devina à
son air de commandement, à son costume,
à cet air de supériorité répandu sur toute
sa personne. Il alla donc droit à lui, le salua
profondément et distribua un demi-salut à
droite et à gauche.

M. de Villars demeura interdit en voyant
venir à lui un tout jeune homme dont les
longs cheveux blonds, les yeux bleus d'une
douceur extrême, ne révélaient en rien le
terrible camisard dont le nom seul faisait
frissonner d'épouvante les soldats de l'armée
royale.

Il eut besoin que Cavalier lui affirmât
qu'il était bien le chef des camisards.

Du reste, à un éclair terrible dont s'alluma
l'œil de Cavalier à une insolence de M. de
Basville, le maréchal comprit quelle âme
il y avait sous cette enveloppe.

La conférence roula naturellement sur les
revendications des protestants.

M. de Villars demanda à Cavalier de con-
signer par écrit les conditions qu'il mettait
à la soumission générale des camisards.

En attendant qu'on reçût la réponse du
roi, une sorte de trêve fut conclue et on as-
signa à l'armée protestante la ville de Calvisson comme lieu de séjour. Elle devait
être logée, payée et nourrie aux frais du
gouvernement, et M. de Villars ne négligea

rien pour assurer son bien-être et sa sécurité.

Les protestants accoururent de tous les côtés à Calvisson pour venir entendre en pleine liberté la parole de Dieu, tenir des réunions religieuses, chanter des psaumes. Il y eut là jusqu'à quarante mille manifestants.

Cela offusqua beaucoup le clergé et le farouche de Basville qui supplia M. de Villars de lui laisser charger et enlever tous ces gens-là.

Le maréchal s'indigna de ces odieuses propositions.

« C'est quelque chose de bien ridicule, dit-il, que l'impatience que les prêtres témoignent à ce sujet; j'ai reçu je ne sais combien de lettres remplies de plaintes, comme si les prières des camisards écorchaient non seulement les oreilles, mais encore la peau de tout le clergé. Je trouve que c'est une imprudence bien grande que ceux qui ont causé ces désordres se plaignent et désapprouvent les moyens dont on se sert pour les faire cesser. »

Cavalier accepta le traité modifié par le roi et qui, tout en stipulant la liberté de conscience, interdisait aux protestants tout culte extérieur. Aucune sûreté, aucune garantie n'était donnée aux calvinistes. Les prisonniers devaient être élargis, les exilés pourraient rentrer dans leurs foyers, tous les biens confisqués étaient rendus. Mais rien n'assurait qu'une fois la rebellion dissipée, anéantie, la persécution ne reprendrait pas avec plus de fureur.

On accordait à Jean Cavalier un régiment et 1,200 livres de rente, à son frère le titre de capitaine ; les mêmes avantages étaient offerts à Roland. Celui-ci aurait bien voulu accepter. Mais Ravanel, Catinat, la plupart des chefs en second des camisards repoussèrent avec indignation un traité qui ne relevait pas les temples et ne rétablissait pas l'état civil des gens de religion. Ils traitèrent Cavalier de lâche, de traître et faillirent l'écharper.

Renié par la plupart de ses anciens compagnons d'armes, Cavalier pensa que la cour de Versailles le dédommagerait de l'ingratitude de ses anciens soldats.

Mis par Chamillard sur le passage de Louis XIV, qui avait désiré le voir, le roi haussa de mépris les épaules en l'apercevant.

— Ah ! c'est là l'ancien boulanger d'Anduze ! fit-il ; et il passa.

Le lendemain Cavalier reçut l'ordre de partir pour Mâcon où se formait le régiment qu'il devait amener en Espagne. Mais il eut peur, à certains indices, d'être arrêté, et il s'enfuit en Suisse avec son frère et trois cents de ses compagnons qui l'avaient suivi.

Colonel d'un régiment de réfugiés en Savoie, puis en Hollande où Miremont et Heinsius l'avaient appelé, il passa ensuite en Angleterre où la reine Anne lui fit l'accueil le plus distingué.

Il prit part, à la tête de ses compatriotes exilés, à la bataille d'Almanza. Le régiment qu'il commandait fut mis en ligne devant un régiment français qui avait déjà peut-être combattu en France contre les camisards; les deux troupes s'élancèrent l'une sur l'autre, à la baïonnette, sans faire feu, s'entr'égorgèrent avec une telle furie, qu'elles furent presque entièrement détruites.

Ayant survécu à ce carnage, Jean Cavalier se retira en Angleterre où il employa ses loisirs à dicter ses Mémoires à un réfugié nommé Gasser de Nîmes. Le récit qu'il fait de ses faits d'armes est souvent peu exact; mais il faut accuser sa mémoire et non sa sincérité.

Nommé major général et gouverneur de Jersey, il mourut à Chelsea en 1740.

Rival heureux de Voltaire, il avait épousé en Hollande la fille aînée de Mme Dunoyer. Il n'a pas laissé de postérité.

« J'avoue, dit Malesherbes, que ce guerrier qui, sans avoir jamais servi, se trouva un grand général par le seul don de la nature ; ce camisard qui osa une fois punir le crime en présence d'une troupe féroce, laquelle ne subsistait que par des crimes semblables ; ce paysan grossier qui, admis à vingt ans dans la société des gens bien élevés, en prit les mœurs et s'en fit estimer ; cet homme qui, accoutumé à une vie tumultueuse et pouvant être justement enorgueilli de ses succès, eut assez de philosophie pour jouir pendant trente-cinq ans d'une vie tranquille et privée, me paraît un des plus rares caractères que l'histoire nous ait transmis. »

La plupart des écrivains protestants n'acceptent pas ce jugement et reprochent amèrement à Cavalier de n'avoir pas exigé de Louis XIV la pleine et entière liberté de conscience et l'autorisation de célébrer le culte de l'Eglise réformée, sacrifiant ainsi sa foi à son ambition.

Nous croyons quant à nous que, voyant la résistance désormais impossible, il a exigé le maximum de ce qu'il sentait pouvoir lui être accordé.

Les lieutenants qui repoussèrent fièrement le traité qui leur était offert, eurent bientôt à se repentir de leur refus. Après des échecs successifs, car le génie de Cavalier ne les guidait plus à la victoire, beaucoup s'empressèrent de faire leur soumis-

sion. D'autres, livrés par la trahison, tels
que Roland, Francezet, Pierre Brau, furent
massacrés; les derniers chefs enfin, ceux
qui avaient le plus maudit ce qu'ils appe-
laient la défection de Cavalier, tels que
Catinat, Ravanel, Jonquet, etc., furent
pris, roués ou brûlés vifs.

Et la prolongation de la lutte n'avait
produit, outre ces meurtres et ces supplices,
que ruines, massacre et incendie dans de
malheureuses contrées déjà si éprouvées!

N'est-ce pas là la justification de Jean
Cavalier?

Paris — Imp. Mouillot, rue ....

www.ingramcontent.com/pod-product-compliance
Lightning Source LLC
Chambersburg PA
CBHW051142260626
47170CB00005B/1934